JN043302

湯屋のお助け人【四】

待宵の芒舟

千野隆司

双葉文庫

目次

湯屋のお助け人【四】

待宵の芒舟

第一章　消えた虫の音

一

夕日を受けて茜色《あかねいろ》に染まった芒《すすき》の穂が、庭一面に広がっている。百坪ほどの広さだった。風が吹くと、波のように穂先の揺れが周囲に伝わった。芒と同じ色の赤蜻蛉《あかとんぼ》が二匹、空へ舞い上がって消えた。

閉められたままの戸。まだ青い錦木《にしきぎ》の葉が、風に舞いながら落ちていった。朽《く》ちかけた縁側には、枯《か》れた葉や埃《ほこり》が積もっている。庭の隅にある井戸を囲む柱は傾《かし》いでいて、釣瓶《つるべ》はどこへ行ったのか見えない。破れた垣根の隙間《すきま》から見える空き屋敷は、しんと静まり返ったまま佇《たたず》んでいた。

地を這《は》い始めた薄闇から、虫の音《ね》が響き始めた。

小石川伝通院《こいしかわでんづういん》の裏手、畑の向こうには農家の藁葺屋根《わらぶきやね》や寺院の瓦《かわら》屋根が見えた。

そこへ二人の男が、やって来た。四十前後の富裕な商人ふうと、同じ年頃の浪人者である。商人は慎重に敷地の中を見回していた。

何者か潜《ひそ》んでいるのではないかと、探る眼差しである。

「川角屋《かわかどや》、案ずることはない。何かがあったら、刀にかけても貴公を守ってやるからな」

「はい、はい。よろしくお願いいたしますよ。そのために前園《まえぞの》様には、すでに五匁《もんめ》銀六枚をお渡ししているのですからな」

川角屋と呼ばれた男は、そう言いながらもまだ井戸や樹木の陰に目をやっていた。

色白で小太り、商いでは抜け目のない男だが、膂力《りよりよく》には自信がない。

そこで上野広小路《うえのひろこうじ》で、仏具を商う太左衛門《たざえもん》は、前園畝次郎《うねじろう》という腕達者《うでだつしゃ》の浪人者を用心棒《ようじんぼう》として雇ったのである。

「脅しなどというのはな、はいそうですかと言いなりになったら、それで終わりだ。骨の髄《ずい》までしゃぶられることになるぞ。俺に任せておけば、小判の二、三枚で引き取らせてみせるからな」

「ええ、ぜひともそうしていただきたいですな」

うまくいけば、さらに五匁銀六枚が支払われることになっていた。五匁銀は十二枚で一両である。

「それにしても読売屋《よみうりや》の八十兵衛《やそべえ》は、よく貴公の秘事を嗅《か》ぎつけてきたな」

「はい。まったく油断も隙もないやつでございますな」

前園は長身痩軀《そうく》、諸国流浪《るろう》の旅を続けている男だったから、浅黒い顔で左眉《ひだりまゆ》のはずれに一寸ほどの刀傷があった。

羽織《はおり》のない袴《はかま》姿で、両手を懐《ふところ》に入れている。

日が徐々に落ちていった。薄かった闇が濃さを増してゆく。あたりの虫の音が、それにつれて騒がしくなった。

鈴虫《すずむし》、松虫《まつむし》、邯鄲《かんたん》の声が交じっているが、今の太左衛門には、音を聞き分けるゆとりはなかった。

「遅いではないか。八十兵衛め」

太左衛門は提灯《ちょうちん》に火を灯すと、苛立《いらだ》った声を上げた。

日暮れ前に、小石川伝通院裏手の空き屋敷に来い。

そう指図したのは、太左衛門を脅した八十兵衛である。子分の定吉《さだきち》という男が、伝えてきた。

秋の夕日は沈むのが早い。あたりは暮れて、西空に朱色の残照が見えるばかりになった頃、ようやく足音が聞こえた。崩れた垣根の間から二つの黒い影が、空き屋敷の敷地の中に入ってきた。

それまで騒がしかった虫の音が、すっと消えた。

太左衛門は、やって来た二人に提灯の明かりを向けた。四十を二つ三つ過ぎた年齢の八十兵衛は、中背《ちゅうぜい》だが筋骨逞《たくま》しい。四角張った顔は肉厚で、大きな鷲鼻《わしばな》が顔の真ん中にでんと座っていた。太々《ふてぶて》しい眼差しが、こちらを睨《にら》みつけていた。

もう一人は、小柄な体つきの定吉である。狡《ずる》そうな眼差しで、全身毛深い。年の頃は三十二、三で猿《さる》のようなすばしこさを持っていた。

懐に匕首《あいくち》を呑んでいる。

「用心棒を連れてきたってえのは、どういうことだ。口止めの二十両を持ってきたんじゃねえのか」

口を開いた定吉は、端《はな》から太左衛門を嘗《な》めていた。八十兵衛は無表情のまま、口を閉ざしている。

「あ、あたしは、脅しにはのらない。二十両を出すつもりはありませんよ」

精一杯の気力を振り絞って、太左衛門は言った。ちらと脇に前園がいることを確かめている。

「そうかい。ならばあんたが、根津《ねづ》におろくという女を囲っていることを、読売に載せて売り出そうじゃねえか。堅物《かたぶつ》で通っているおめえが、そんなことをしているとは、皆さぞかし驚くことだろうぜ。とくにあんたの女房のお槙《まき》は、腰を抜かすだろうな」

「…………」

太左衛門は、ぶるっと体を震わせたが、何も言わなかった。

「こちとらは何でもお見通しなんだ。おめえは、奉公人上がりの入《い》り婿《むこ》だ。女房のお槙には頭が上がらねえ。気の強い女だからな、叩《たた》き出されることになるだろうぜ」

定吉は、声を上げて笑った。

「あ、あんたらの言うことを、一度でも聞いてしまったらおしまいだ。あたしは、そんなことはしない」

「ほう。どうしようってえんだ」

一歩前に出た定吉は、声に凄味《すごみ》を利《き》かせた。懐に手を突っ込んでいる。太左衛門の脇にいる浪人者を怖《おそ》れる気配はなかった。

「今あたしの懐には、小判が二枚入っている。あんたらには、それで引き上げてもらいます。それが嫌なら、お相手をするのは、こちらのお武家様になりますな」

普段よりも甲高い声になっている。前園がいなければ、悲鳴を上げて逃げ出していたところだった。

「ふん、何を言いやがる。そんなことで、おれたちが引き下がるとでも思っているのか。このうすのろめ」

定吉が身構えた。すぐにも懐の匕首を抜いて、太左衛門に飛び掛かろうという気配だった。

「ううっ」

太左衛門は、相手の勢いに怯《ひる》み、前園の背後に回り込んだ。手にしていた提灯が、ぶるぶると震えている。

「どいていただきやしょう。お武家様には、用はないんでね」

落ち着いた声で、定吉は言った。

もちろん前園はどかない。懐に入れていた両手を抜き出した。隙のない身ごなしで、相手を見詰めている。

ほんの少し腰を落とした。

定吉が匕首を抜けば、ほぼ同時に腰の刀を抜き払うはずだった。

簡単には次の動きに出られぬと、定吉はここで察した。幾たびも修羅場《しゅらば》を掻《か》い潜ってきた男だから、動物の勘が働くのである。

しばらく、睨み合いが続いた。鳴き止んでいた近くの虫が、また鳴き出した。

どれほどの間があったのか。そう長くはなかったはずである。沈黙を破ったのは、それまで口を利かなかった八十兵衛だった。

「お武家さん、あんたどれほどの銭を、この川角屋さんから受け取るのかね」

世間話でもする口調だった。張り詰めていた空気が、緩《ゆる》んでいる。

太左衛門が、ごくりと生唾《なまつば》を呑み込んだ。

「そうさな、たっぷりというほどではないぞ」

前園が応じた。問いかけを、茶化しているようにも受け取れた。

「よろしかったら、聞かせてくださいやし」

八十兵衛が、三歩前に出た。攻める構えではない。口元に皮肉な笑みを浮かべている。

「前金として、五匁銀六枚。終わったらもう六枚、受け取ることになっている」

身構えたまま、前園は言った。油断はしていない。

「それならば、あっしはその十倍を出しましょう。もちろんそれだけのことを、やってもらいますがね」

八十兵衛の体は、隙だらけに見える。前園が刀を抜けば、一刀のもとに斬り倒せるはずだった。

このことは、八十兵衛も分かっているはずだったが、怯《おび》える様子はまったくなかった。

「ほう。それはおもしろいな」

前園が体の力を抜いた。

「では、前金を受け取っていただきましょう」

八十兵衛は、懐から財布を取り出した。そこから小判四枚を抜いて、差し出した。

「今はこれしか持ち合わせがありませんがね、残りは必ずお支払いしますよ。あっしに付いた方が、何倍もの金になります」

前園が、黙って金を受け取った。

「や、やめてくれっ。あ、あたしも金を、だ、出すから」

太左衛門が叫んだ。提灯が激しく震えている。火が付いてしまいそうだ。

「太左衛門さん、では五十両出さないか。そうすれば、ここにいる者は皆川角屋さんの味方になるぞ」

「な、なんだって」

悲鳴とも受け取れる声が出た。

八十兵衛は、懐から一枚の紙切れを取り出した。

「まあ、読んでもらいましょう」

受け取った太左衛門は、書かれている文字に目を走らせた。このとき提灯は、定吉に取り上げられている。

「こ、これは、五十両の借用証文では」

「そうだよ。これに川角屋さんの名を書いていただいて、爪印《つめいん》を捺《お》していただく」

「まさか。ば、馬鹿な」

「馬鹿じゃあねえ。やらなければあんたの命はねえんだ。ここにいる三人は、皆あんたの敵になるんだぜ。生きちゃあ家には、帰れねえ」

八十兵衛は、腰から矢立《やたて》を抜き出し、無理やり筆を持たせた。

まだ月の出ていない晩である。提灯の明かりだけが、紙面を照らしていた。証文の日付は七月二十四日になっている。三日前のもので、太左衛門が初めて八十兵衛から声をかけられた日だった。

「どうなすったかね。書く気になりましたかい」

八十兵衛がいきなり懐から匕首を抜いた。刃先を、太左衛門の首に添わせた。

「ひいっ」

首筋が二寸ほど切れて、血が滲《にじ》み出た。浅手ではあったが、太左衛門は震え上がった。

「じゃあ、書いていただきます」

そう言われた太左衛門は、前園に目をやった。救いを求める眼差しだったが、ただ冷たく見詰め返されただけである。

それで観念した。太左衛門は紙に名を書きいれ、さらに爪印を捺した。

「さて。これであんたは用済みだ」

八十兵衛の声はあっさりしていた。

「うわっ」

声を上げたときには、匕首が太左衛門の心の臓に刺さっていた。倒れ掛かる体を支えたのは、前園だった。

「定吉、手を貸せ。あの井戸へ落とすぞ」

胸に刺さった匕首を、八十兵衛は抜かない。返り血を浴びるのを嫌がったのだ。太左衛門はもう、ぴくりとも動かない。

三人の男は、遺骸《いがい》を庭の隅にある涸《か》れ井戸まで運んだ。

二

湯島切通町《ゆしまきりどおしまち》で一番の大身代《おおしんだい》といえば、質屋の大越屋《おおこしや》ということになる。表通り夢《ゆめ》の湯《ゆ》の斜め向かいにあって、大きな土蔵を備えた店だった。

質屋の商いだけでなく、近隣の町に何軒もの家作を持っている。そこからの上がりも、かなりの額になると、裏店《うらだな》の女房たちまでが噂《うわさ》をしていた。

「あの土蔵の奥には、いつも千両箱が眠っているらしいよ」

「その話は、あたしも聞いたことがある。それであそこのおようっていう娘だけどさ。近く祝言《しゅうげん》を挙げるっていうじゃないか」

「へえー。お相手は、どこの誰だい」

「何でも日本橋《にほんばし》の老舗《しにせ》の醬油問屋《しょうゆどんや》だっていう話だよ」

「じゃあ、さぞかし派手な、祝言披露《ひろう》になるんだろうね」

青物屋の女房と豆腐屋《とうふや》の婆《ばあ》さんが、茄子《なす》や山芋《やまいも》、牛蒡《ごぼう》に蓮根《れんこん》などが並んだ店先で、噂話に花を咲かせている。七月も最後の日で、暑くもなく寒くもない気候だから、立ち話にはもってこいの昼下がりだ。

新たな客が現れなければ、この二人はいつまでも話が終わらない。

「おや、あれは、おようさんじゃないかい」

青物屋の女房が通りを指差した。噂をしていた大越屋から、十八、九の娘が飛び出してきたのである。

島田髷《しまだまげ》に鼈甲《べっこう》の櫛《くし》、派手な菊柄《きくがら》の着物を身につけていた。大店《おおだな》の箱入り娘らしい姿だった。供は連れていない。そのまま足早に坂道を下りていった。上野広小路の方向である。

「ずいぶん慌《あわ》てた様子だねえ」

「いったい、何があったんだろう」

女房たちが、好奇の目で後ろ姿を見送った。

「おとっつぁんも、おっかさんも、あたしの気持ちなんて、なんにも分かってくれていない」

おようは不貞腐《ふてくさ》れた気持ちで、店を飛び出したのだった。どこへ行こうという目当てはない。家にいたくなかっただけのことである。

結納《ゆいのう》の日取りが、先方との間でまとまった。日取りがいい八月の十四日である。その日が決まってから、父の睦右衛門《むつえもん》も母のお滝《たき》も、なにやらそわそわし始めた。気持ちが浮き立っているのである。

相手は日本橋北鞘町《きたさやちよう》の醤油問屋上総屋《かずさや》の富太郎《とみたろう》という、二十三になる跡取りだ。代々続く老舗でありながら、黙々と働く勤勉者。将来を嘱望《しよくぼう》される人物だったのである。

働き振りを見、評判を耳にするにつれて、睦右衛門もお滝も乗り気になった。相手側もおようを気に入って、話はとんとん拍子《びようし》にまとまった。

しかし肝心のおようの気持ちは、まったくの置いてけ堀となっていた。

「真面目というばかりで、ちっともおもしろくない。優しくもない」

見合いのときに富太郎がした話は、商いのことばかりだった。

ずんぐりとした体つき。面長《おもなが》で日焼けした肌、上を向いた鼻。厚い唇。胸がときめくことは何もなかった。

こんな男と、死ぬまで添《そ》い遂《と》げるのかと思うと、暗い気分になった。

「大越屋以上の大身代だよ。亭主のことはあきらめて、遊んで暮らせばいいじゃないか」

友達に話すと、そう返された。しかしおようにしてみれば、悶々《もんもん》とした気持ちは募《つの》るばかりだった。

「一緒になってしまえば、すぐに気持ちは通じるよ」

おっかさんに言われると、近頃では腹立たしささえ感じるようになった。

富太郎という人が、せめてもう少し、私のことを気遣ってくれたら……。そう思わずにはいられない。

しかしそんなこちらの気持ちに関わりなく、両親は楽しそうに嫁入り道具の吟味《ぎんみ》を始めていた。

とうとう辛抱《しんぼう》がしきれなくなって、家を出てきてしまったのである。

いつの間にか、上野広小路の雑踏に出ていた。広場には人だけでなく、小間物《こまもの》や食い物、端切《はぎ》れや歯磨《はみが》き粉《こ》などを商う露店が軒を並べている。小屋掛けの物まねや曲馬《きょくば》といった見世物《みせもの》、土弓《どきゅう》や茶店の客引きが、声を上げて客を呼んでいた。

店々の幟《のぼり》が、秋空の下ではためいている。

祭りでもないのに、たくさんの人で賑《にぎ》わっていた。しかし湯島で生まれ育ったおようにしてみれば、珍しくもない光景だった。

行き交う人にぶつからないように注意しながら、広場を歩いた。安物を並べた櫛屋の店先には、若い娘が集まっている。蒸《む》した饅頭《まんじゅう》のにおいが、どこからか流れてきた。

　およう には、覗いてみたい店などなかった。頭に浮かぶのは、近づいてくる結納のことだけだった。

　これを受け取ってしまえば、取り返しのつかないことになる。そんな焦《あせ》りも、芽生えていた。

　肩が、ぽんと誰かにぶつかった。ずっと避《よ》けていたから、向こうからぶつかってきたようにも感じられた。

「おい、姉ちゃん。人にぶつかっておいて、知らんぷりで行っちまうつもりかい」

　咎《とが》める声が、すぐ近くで響いた。荒っぽい口ぶりだった。

　およう は立ち止まってから、振り返った。見ると三十二、三のいかにもやくざ者といった気配の男が、こちらに目を向けて立っていた。

　体つきこそ小柄だが、懐に匕首を呑んでいるのが分かった。

　通りかかる人は、関わり合いになるのを嫌がって離れてゆく。

「ごめんなさい。気がつかなくて」

　言いがかりだと分かっていたが、ともあれ頭を下げた。さっさと終わりにしてしまいたかった。

「謝って済むものじゃねえ。おめえは、黙っていれば行っちまうつもりだったんだからな」

男は近づいてきた。簡単に済ませるつもりはないらしかった。

およuは、困惑してあたりを見回した。周囲に人はたくさんいる。遠くでこちらを見ている者もかなりいた。けれども目を合わせると、どの顔もすっと目を逸《そ》らしてしまうのだった。

絡《から》んできている相手がやくざ者であることは、誰もが感じているのである。

「ど、どうすれば、いいのでしょうか」

ぞくっと、震えが全身を駆け抜けた。この人混みの中で、自分は一人きりだと感じたからである。

「何を言いやがる。いい歳をして、詫《わ》びの仕方も知らねえのか」

「そ、それでは」

おようは財布を取り出した。少しばかりならば、銭を持っていた。十文銭を三枚取り出した。それを差し出したのである。

「ふざけるな」

やくざ者は、その手を払った。三枚の銭は跳ね散って地べたに転がった。

顔が目の前に近づいた。

「嘗めやがると、ただでは済まさねえぞ」

二の腕を摑《つか》まれた。思いがけず強い力だった。

「や、やめてください」

体を揺すったが、握っている手はびくともしなかった。

「うるせえ、ここでは話にならねえ。ちょいとついて来い」

腕を引かれた。抗《あらが》おうとしたが、おようの力ではどうすることもできない相手であった。

「だ、誰か」

ずるずると引きずられた。人気《ひとけ》のないところへ連れて行かれたら、どうなるのか。それを思うとぞっとした。恐怖で涙も出ない。

だがそのとき、やくざ者の手首を摑んだ者がいた。

おようの二の腕から、握られていた手が外れている。

「な、何をしやがる。ふざけたことをすると、ただじゃ済まねえぞ」

やくざ者の手首を摑んだのは、二十代後半の旅姿の職人ふうだった。鼻筋の通った、きりりとした眉で、役者さながらの面相をしている。

「無礼なのは、きさまのほうだ。わざとぶつかって脅し、強請《ゆすり》を働こうとしているじゃねえか」

「こ、この野郎」

やくざ者は、摑まれていない腕で、職人ふうに殴りかかった。素早い身ごなしで、いかにも喧嘩《けんか》慣れしている様子だった。

「きゃっ」

おようはやくざ者の拳《こぶし》が男の鼻先に、叩きこまれると感じた。咄嗟《とっさ》に出た叫びである。

しかし職人ふうも、動作は機敏だった。迫ってくる腕を払い上げ、膝《ひざ》で相手の腹を蹴り上げた。

蹴られたやくざ者の体は、一間《いっけん》近くも素っ飛んでいる。尻餅をついて、すぐには起き上がれない。

「お、覚えていやがれ」

ようやく立ち上がったやくざ者は、職人ふうを睨みつけたが、何もできなかった。捨て台詞《ぜりふ》を残して、人混みの中へ走り去って行った。

「大丈夫かい。怪我《けが》はなかったかい」

職人ふうの男は、笑みを浮かべておようを問いかけた。色白で、目元が涼しげだった。旅姿ではあったが、埃っぽい疲れた様子ではなかった。

「おかげさまで、どこもなんとも」

男の笑顔を見たら、安堵《あんど》で今にも泣き出してしまいそうだった。

「そりゃあよかった。じゃあ、おいらはこれで行くぜ」

地べたに置いてあった振り分け荷物と菅笠《すげがさ》を手に取った。そのまま背を向けて歩き始めた。

「お、お待ちくださいまし」

おようは慌てて呼び止めた。まだ礼も言っていない。このまま帰してしまうことなどできない。

男が振り返った。

「私は、湯島切通町の大越屋の娘で、およう と申します。あなた様のお名を、お聞かせくださいませ。お礼をいたさねばなりません」

必死の思いで言った。

「礼には、およばねえさ。気にすることはねえ」

「いえ、そうは参りません。ぜひにも」

「そうかい。ならば言っておこうか。版木《はんぎ》職人の竹造《たけぞう》という者だ。たった今、上方から江戸へ戻ってきたところだ」

「それではお宿は」

「このあたりで取ろうとしていたところだ。おようさんとか言いなすったね。あんた適当な旅籠《はたご》を知っていなさるかい」

竹造と名乗った男は、そう言った。見れば見るほど男前である。役者絵から抜け出してきたような整った顔立ちだった。けれども生真面目という風情《ふぜい》ではない。どこかが微妙に崩れている。

それがいっそう男っぷりを上げていた。

三

「寄り道をしないで、ちゃんと回ってくださいね。いつも古材木を出してもらったり、余りの材木を貰ったりしている家なんですから」

お久《ひさ》が子どもに言うように、繰り返して口にした。言われているのは、湯島切通町の湯屋夢の湯の主人源兵衛《げんべえ》である。

半ば不貞腐れた顔で聞いていた。

「近頃は湯を沸《わ》かす薪《まき》の値も上がって、たいへんなんですから。これから行ってもらう家は、その薪になる材木をくれる大事な相手なんですよ。どれだけ助かっているか分からないんですから」

五つの菓子折《かしおり》と手拭いが、風呂敷《ふろしき》に包まれている。町内の大工や建具《たてぐ》の親方、広い庭を持つ寺の住職のところへ回るのであった。

今日は、八月朔日《ついたち》である。この頃早稲《わせ》の穂が実るので、初穂を恩人に贈る風習があった。田《た》の実《み》の節句《せっく》で、これを『頼《たの》み』にかけて世話になっている人、頼りにしている家に贈り物をするのが習慣になっていた。

八朔《はっさく》の節句だった。

この贈り物を配る役目は、やはり主人でなくてはならないと、お久は何日も前から源兵衛に伝えていた。

定町廻《じょうまちまわ》り同心から手札を受け、町の岡っ引きとして、何かあるとすぐに出かけてしまう源兵衛は、主人とはいっても名ばかりの存在である。いつもは一人娘のお久と番頭の五平《ごへい》に、家業の夢の湯の仕事を押し付けていた。

この二人がいなければ、夢の湯は店を開けられない。源兵衛はお久に頭が上がらないのである。

あと二年で五十になる。外では強面《こわもて》の岡っ引きだが、娘の前では形無しだった。

「じいちゃん、やっつけられているね」

八歳になるおませなおナツが、板の間の雑巾《ぞうきん》がけをしている大曽根三樹之助《おおそねみきのすけ》に言った。にこにこしながら、おっかさんと祖父《じい》ちゃんのやり取りを眺めていた。

「あの菓子、おいらも食べたいよ」

そう呟《つぶや》いたのは、おナツの二つ違いの弟冬太郎《ふゆたろう》である。進物《しんもつ》にする菓子は高級品の薯蕷饅頭《じょうよまんじゅう》で、お久は子どもの分までは買ってこなかった。

食いしん坊の冬太郎は、それが不満なのだ。

ようやく小言から解放された源兵衛が、風呂敷包みを持って夢の湯から出ていった。

「三樹之助さま、湯汲《ゆく》みをお願いできますか」

お久が声をかけてきた。

「よし。承知した」

江戸の水は貴重品である。大勢が浸かる湯船の湯は、体を洗うのにも使う。だが上がり湯だけは、きれいな湯を使いたいのが人情だ。しかし湯垢《ゆあか》のついた桶《おけ》を、勝手に上がり湯に突っ込まれてはかなわない。そこで湯汲みをする役目が必要になるのだった。

直参旗本《じきさんはたもと》の次男坊三樹之助も、夢の湯に厄介《やっかい》になって四月目《よつきめ》に入った。手間取ることも多々あったが、湯屋の仕事にだいぶ慣れた。

湯汲みは男湯だけでなく女湯でもやるから、初めは緊張した。けれども今では、近所の女房と世間話をするようにさえなった。

「あんた、なかなかいい男だね」

ときどき体に触れられるのには、閉口した。まだ二十二歳の独り者である。

朝湯にやってくる客は、医者や隠居《いんきょ》、商家のどら息子、俠《いさ》み肌《はだ》の男や女郎屋《じょろうや》帰りといった男客である。女は掃除洗濯などの家事があるから、囲われ者か芸妓《げいぎ》、大店の女房娘といった者が、ぽつりぽつりと現れるだけだ。

町の湯屋には、裏長屋住まいの者もやって来るが、それだけではない。町一番の身代の持ち主でもやってくる。水が貴重だというだけでなく、火事も怖い。旅籠の客や大名家の勤番侍《きんばんざむらい》なども通って来た。

もちろん大名家や大身旗本の屋敷には湯殿があるが、主家の者が入るだけだった。家臣や奉公人は、湯屋を使った。

「いらっしゃいませ」

番台に座っている番頭の五平は、客がやって来ると大きな声を上げる。あらかたが常連だが、一見《いちげん》の客も現れる。手拭いや糠袋《ぬかぶくろ》を貸したり切り傷や皸《あかぎれ》の膏薬《こうやく》を売ったりした。

女客が二人入ってきた。斜め向かいの質屋大越屋の女房お滝と娘おようである。留《とめ》湯留桶《ゆとめおけ》の客だ。

留湯とは入浴料を一ヶ月前払いする客で、留桶は自分専用の桶を湯屋に置いていた。湯屋にしてみれば、顧客中の顧客ということになる。

「乾物屋のご隠居の湯屋じょうるりが、うるさくてかなわないって、もんくがきているよ」

女湯にいた三樹之助のところへ、冬太郎が呼びに来た。

密閉された浴室の中では、湯気が立ちこめているせいか、声がしっとりと聞こえる。そこで謡《うたい》や浄瑠璃《じょうるり》、小唄《こうた》をうなり始める客は少なくない。うなっている本人は気持ちよいのだが、周りにいる者は必ずしも愉快なわけではなかった。

いや苦痛である場合もある。

その場で苦情を伝えられればいいが、言いにくい相手もいる。そういうときにも、声がかかるのだった。

「まあ、堪《こら》えてやってくださいな」

と、なだめる場合もあるが、そうでないこともある。面倒な役割だと思うが、言われたらそのままにはできない。

洗い場から奥に入って行くと、問題の乾物屋の隠居が石榴口《ざくろぐち》から出てきた。浴槽から出てしまえば、調子はずれの浄瑠璃は始まらない。

ほっと一息ついた。

乾物屋の隠居は体を洗いながら、近くにいる呉服屋の若旦那に話しかけた。

「あと半月で、中秋《ちゆうしゆう》の満月だ。今年は月見舟を仕立てますよ」

「ほう。それは豪勢ですな、ご隠居」

若旦那は調子を合わせている。

耳聡《みみざと》い冬太郎が、その話に反応した。

「ねえねえ、三樹之助さま。おいらたちも、舟に乗ってお月見をしようよ。お弁当を持ってさ」

「うん。それはいいね」

おナツも声を上げた。三年前に父親を亡くした姉弟《きようだい》は、多忙な母親やめったに家にいない祖父からは、ほとんどかまわれない。三樹之助に懐《なつ》いてくるのは、寂しいからに他ならなかった。

前に浅草寺《せんそうじ》へ連れて行ってやったときは、珍しがって喜んだ。さしたることではないと考えていたが、子どもはそんなことでも楽しいらしい。

「そうだな。考えておこう」

「やった」

冬太郎は、両手を振って踊りだした。嬉しいことがあると、すぐに踊りだしてしまう子どもだった。

三樹之助にしてみれば、小舟を一艘《いっそう》借りて自分が漕《こ》げばいいと、それくらいのことにしかとらえていなかった。秋の満月の夜に舟を借り出すことがどれほどたいへんか、そのときは知るよしもなかったのである。

女湯の戸が、開いた。また客がやって来たらしい。聞き覚えのある声が聞こえてきた。お半《はん》が五平に何か話しかけている。

「あっ、志保《しほ》さまだ」

おナツが、顔に喜色を浮かべた。言い終わらないうちに、女湯へ駆け込んでいる。もちろん冬太郎も続いた。

志保とお半の主従も、いまでは夢の湯の留湯留桶の客となってしまった。志保は二千石の大身旗本酒井家《さかいけ》の跡取り娘だから、本来は町の湯屋などに来る身分ではなかった。

しかし婿入り話をそのままにして逃げ出した三樹之助が、夢の湯にとどまるようになってから、なぜか捜し出して訪ねてきた。以来夢の湯の客として、常連になってしまったのである。

関わった探索ごとで世話になったことがあり、近頃では頭の上がらないことが増えた。

おナツと冬太郎は、志保を慕《した》っている。めったに笑顔を見せない高慢な姫様だが、姉弟を引きつける何かがあるようだ。それは何かを食べさせてくれるとか、買ってくれるとかということではない。少なくとも志保は、幼い二人を可愛がっていた。

何か喋《しゃべ》っているようだが、男湯の方には聞こえない。

志保が来たときは、三樹之助は女湯の湯汲みは行わない。お久が気を利かせて代わってくれるのである。

いきなり足音がばたばたと洗い場に響いた。おナツと冬太郎が、駆けつけて来たのである。

「ねえねえ、三樹之助さま。八日の日に志保さまがね、道灌山《どうかんやま》の別邸へ虫聞きに連れて行ってくれるっていうんだけどさ。いいよね。一緒に行ってくれるよね」

「泊まり込みだよ」

おナツも冬太郎も、興奮気味である。姉弟は外泊など、生まれてこのかたしたことがない。酒井家には、虫聞きの名所で知られる道灌山に別邸があるらしい。

「おっかさんも、いいって言った」

すでに外堀を埋めてから、三樹之助に伝えに来た。おナツもそこらへんの知恵はっいている。

三樹之助にしてみると、手放しで喜んでいい相手ではなかった。当初感じたほど酷《ひど》い女でないのは分かってきた。だが志保やお半に対して、どう接したらよいのか分からず困ることが常だった。

付き合いは、少し間を空けたいと考えていたところだった。

「ねえ、いいでしょ」

おナツと冬太郎の眼差しは、生き生きとしている。これをむげに退《しりぞ》けることは、三樹之助にはできなかった。

夢の湯の出入口の外で、三樹之助は志保とお半が出てくるのを待った。

出てきたところで、傍まで歩み寄った。声をかけようとしたが、湯上がりの志保の顔はどきりとするくらいすべすべで美しく見えた。おまけに香しい肌のにおいまであって面食らった。すぐには声が出なかった。

やっとのことで、掠れた声を絞り出した。

「虫聞きの話だが、あ、甘えてよいのであろうか」

この件については、おナツや冬太郎から聞いただけで、志保とは話をしていなかった。

別邸とはいえ、泊まり込みは申し訳ない。また酒井家の屋敷へ行くのは、気が重かった。縁談を放り出して、そのままにしている身だ。

「かまいませぬ。その日は、別邸には私しかおらぬゆえ、案ずるには及びませぬ」

いつものように、にこりともしないで志保は言った。怯んでいるこちらの気持ちを、見透かされたような気がした。

「そうではあっても」

酒井家の者が誰もいないとなると、気持ちとしては楽だ。子どもたちも喜んでいる。ただ志保に甘える形になるのは本意ではなかった。

「何をうじうじと、子どもたちには行くと伝えたのではないですか。ならばそれでよいではございませぬか。往生際が、悪うございます」

お半に、ぴしゃりとやられた。

「ならば、そういうことで」

と返すしかなかった。また押し切られたと思った。

志保とお半が立ち去って行く。その後ろ姿を見ていると、おナツがやって来た。

「三樹之助さまも形無しだね」

おナツはませたことを口にした。やり取りを、聞いていたらしかった。

四

午後になって、五軒分の八朔の進物を届けてきた源兵衛が夢の湯へ戻ってきた。いつもならば鉄砲玉《てっぽうだま》で、そのままどこかへ行ってしまう。珍しいことだった。

「きっと嵐になるよ」

冬太郎が、生意気なことを言った。

道灌山への虫聞きと十五夜の月見舟へ行けるということで、ずっとはしゃいでいる。虫になった気にでもなっているのか、鳴き声をまねながら、板の間で踊っていた。

湯客ではない男が、戸を開けて入ってきた。三樹之助は二、三度顔を見たことがあるだけだが、源兵衛とは長い付き合いのある五十二、三に見える商家の番頭だった。
　上野広小路の仏具屋、川角屋の卯之助《うのすけ》という者だ。青ざめ、疲れた顔つきをしていた。
「ちょいと、面倒なことがありましてね。ぜひにも親分さんにお越しいただけないか
と、おかみさんが申しているのですよ」
　源兵衛が現れると、顔を寄せて言った。詳細は店で、ということである。湯客のい
るところでは、話しにくい内容らしかった。
「分かった。じゃあ、すぐにもめえりやしょう」
　商家などでは、日々の商いを続けてゆく中で、面倒な悶着《もんちやく》に見舞われることが少
なくない。相手が同業であっても、客であっても、できるだけ大事にならないうちに
始末をつけてしまいたいと考えるのは人情である。そのために、土地の岡っ引きと繋《つな》
がりを持っている商家はたくさんあった。
　川角屋は、先代の頃から源兵衛と繋がりを持っていた。
「三樹之助さん、お付き合いいただきましょうか」
　店に呼ぶことは、めったにない。大事なことだと察した源兵衛は、三樹之助にも同
道するようにと言ってきたのだった。

下帯一つの姿だった三樹之助は着物を身につけ、腰には二刀を差した。湯屋の奉公人ではなく、旗本家の次三男といった外見になった。

川角屋は、広小路の大通りに面した店である。間口こそ広くはなかったが、界隈《かいわい》では老舗だ。主人の太左衛門は番頭上がりで、同業の中では商売上手《じょうず》と評判の男だった。

先代よりも、商いを大きくしている。

店に入ると、源兵衛と三樹之助は奥の部屋に通された。待つほどもなく、川角屋の女房お槙が姿を現した。

お槙は、先代太左衛門の一人娘だ。奉公人だった番頭喜助《きすけ》を婿にとって、先代亡き後主人の名である太左衛門を継がせた。

お槙は娘の頃から、気位《きぐらい》が高かったという。ここでも一応源兵衛を立てているが、挨拶《あいさつ》はそれほど丁寧なものではなかった。

「実は、主人の太左衛門が、先月の二十七日から行方《ゆくえ》が知れないのでございます」

口を切ったのは、卯之助だった。お槙は、あらぬ方向に目をやっていた。

「どういうことで」

「太左衛門はその日の昼過ぎ、ちょいと出てくるといって出たきり、今日まで戻ってこないのでございます」

「神隠しにでも遭《あ》ったのか」

「そうかも知れません。ともあれ何もおっしゃらずに、お出かけになりました」

親戚や顧客筋、思い当たる知人はすべて当たったが、行方は知れなかった。何日も店を空けるなどという気配は、まったく感じられなかった。婿になって何も告げずに夜まで家を空けたことはただの一日もない。

どんなに遅くなっても、帰ってきた。

「では、以来なんの音沙汰《おとさた》もないわけだな」

源兵衛は確かめた。

「それがでございます。今日になって、とんでもない奴が現れたのでございます」

卯之助ははっきりと顔に困惑の色を表した。お槙は、苛立ちの表情さえ浮かべている。二人は顔を見合わせた。卯之助が続けた。

「兎屋《うさぎや》と名乗る、四谷《よつや》の読売屋が現れたのでございます。八十兵衛と申す者と、配下の定吉とかいう者でした」

八十兵衛の身なりは堅気《かたぎ》の商人ふうで、言葉遣いも丁寧だった。ただ目つきは酷薄《こくはく》に見えたらしい。定吉は、一目見たときから崩れた気配があった。

卯之助が店先で応対したが、八十兵衛は太左衛門の署名のある五十両の借用書を示した。

「返金してほしい、ということでございました」

「その署名は、確かに太左衛門さんのものだったのかね」

「はい。多少乱れておりましたが、間違いはございませんでした。私が拝見しております」

爪印も捺されていたそうな。借用証書として、不備はなかった。

そうなると川角屋は、身に覚えがなくても返金しなくてはならなかった。しかし五十両というのは、いかにも大金だった。

「私は数日来、主人の姿が見えないので困っていると申しました」

ところが八十兵衛から返ってきた言葉は、「知ったことではない」というものであった。証文の日付は七月二十四日で、八月になったら返金すると記載されていた。

「この日取りに、太左衛門さんに金を融通した。どう使ったかは知らない。こちらはただ貸しただけのことだ」

何を言っても、これを繰り返すだけだった。

「今日のところは、ともあれお帰りいただきました。ですが四、五日したらまた来るということでございました」

言い終えた卯之助は、ふうと溜息《ためいき》を吐《つ》いた。ここでお槙が、口を開いた。

「金は、出せないわけではありませんよ。でもね、あの人がこの金を何に使ったのか、まったく腑《ふ》に落ちないのですよ。どうせろくでもないことに使って、顔向けできなくなって、姿を隠したのかもしれませんが」

「商いの金ではないのだな」

「そうです」

店の商いは、順調だった。大口の払いもなかった。またそれならば、よそから借りる必要もなかったというのである。

「太左衛門さんの実家で、何か物入りがあったのかもしれませんぜ」

源兵衛は言った。いろいろな可能性を探ってみようとしたのである。太左衛門こと喜助は、二十七年前に十二の歳で、行徳《ぎょうとく》から奉公にやって来たのだった。

三つ下のお槙と祝言を挙げたのは、十六年前のことである。十五歳と十二歳の倅《せがれ》があった。

「さてそのへんのことは、存じませんね。何かあれば、言ってくるはずですから」

お槙は、しれっとした口調で言った。亭主の実家には、何の関心もないという口ぶりだった。

「ただ、五十両という金子《きんす》は、ずいぶんと大きな金高《きんだか》です。何があったのか、親分さんに調べていただきたいのですよ」

これが、源兵衛を呼び出した理由だった。

「この何日かで、太左衛門さんに変わった様子はなかったんですかい」

「気がつきませんでしたね。あの人は、いつも勝手にやっています」

亭主の身を案じる言葉は、とうとう最後まで出なかった。太左衛門が何を思って暮らしているか、まったく気にしないで過ごしてきた。そういうことらしかった。

「ともかく、当たってみましょう」

源兵衛が応じた。

五十両の金と、人ひとりの行方不明。どのようなことが起こっているのか、そのままにできることではなかった。

五

「読売の兎屋だって。知らねえな。いってえ、どんな刷物を出しているんですかい」

天秤《てんびん》の両端にこぼれるほどの笊《ざる》を積んで歩いている、振り売りに源兵衛が問いかけた。返ってきたのは、そっけない言葉だけだった。

なだらかに蛇行《だこう》している四谷大通りの広い道には、人や荷車、駕籠《かご》や馬などがひっきりなしに通ってゆく。笊だけでなく、浅蜊《あさり》や青物、蕎麦《そば》、団子《だんご》などの振り売りも行き過ぎていった。

遠路を経てきたとおぼしい旅人の姿もあった。

上野広小路の川角屋を出た源兵衛と三樹之助は、その足で四谷までやって来た。千代田《ちよだ》のお城が東に見えるあたりである。

笊の振り売りに尋ねる前に、舂米屋《つきごめや》の小僧が道で水を撒《ま》いていた。これに尋ねたときも、知らないと言われた。

「ありもしない名を、たばかったのではないか」

三樹之助は言ったが、源兵衛は今度は並びにあった煮売り酒屋へ入っていった。煮物を作る出汁《だし》のにおいが、奥から流れてきていた。

店先にいた中年の女房に、声をかけた。

「兎屋という、読売屋ですか。それならば、御簞笥町《おたんすまち》の裏通りにありますよ」

三度目で、ようやくまともな返答が戻ってきた。

「このあたりでは、あまり知られていねえようだな」

「そうですね。読売屋とはいっても、あんまり出してはいないようですからね」

「読売を出さなくても、食っていけるということか」

源兵衛と三樹之助は、顔を見合わせた。

「さあ、どうだか。ただ兎屋といったって、裏通りの小さなしもた屋で、主人の八十兵衛さんと読売を売る人がいるだけですから、別にあくせくしなくてもいいのかもしれませんよ」

「人が出入りすることは、ねえのかい」

「さあ。そこまでは、ちょっと」

どこか言い渋る気配があった。女房は、源兵衛が腰に差している十手に、ちらと目をやった。

「はっきり言ってもらおう。柄《がら》の悪いのが、出入りしているんじゃねえのかい」

「はあ。まあ、そういう噂を聞いたことがあります」

覚悟を決めたように言った。

「どんな、噂なんだね」

こういうときの源兵衛の顔は、凄味がある。夢の湯でお久に叱られて不貞腐れているときとは雲泥《うんでい》の差だ。

「読売といっても、出さなくても済むのは、出さないで済ましているからだっていうことですね」

「どういうことだ。分かりにくい話だな」

「ここだけの話ですがね」

女房はいったん断った上で、話を続けた。八十兵衛を怖れる気持ちがあるらしかった。

「人の弱みを見つけて、読売に載せるぞと持ちかける。出されちゃ困るような話を持ってくるわけですから、やめていただきたいという話になる。読売にしないための駄賃を取って、引き下がるらしいですね」

「なるほど。強請ということだな。それで読売を出さない方が、金になるというわけか」

行方不明になった太左衛門の五十両の借用証文も、それに関わりがあるのかもしれなかった。

煮売り酒屋から、御箪笥町の兎屋へ回った。煮売り酒屋の女房が言っていたとおり、兎屋は店舗など構えてはいず、一軒のしもた屋があるだけだった。

もちろん看板なども出ていない。

兎屋を訪ねる前に、近所の家に入った。八十兵衛の暮らしぶりを聞くためである。

「読売屋だといっても、確かにあまり出していないみたいですね。でも八十兵衛さんは、あたしたち近所の者には、酷いことはしませんよ。一緒にいる定吉という人も人相と愛想は悪いですが、乱暴をはたらくことはないですね」

子守りをしていた婆さんは、そう言った。同居しているのは、その定吉という三十三になる元鳶職《とびしょく》だけだという。

四年ほど前に越してきたのだそうな。

「訪ねて来たりする者はいないのか」

「けっこういますね。ただその人たちがちょっとね」

「何かをするのか」

「そうじゃないんですけど、やくざ者だったり目つきの悪い浪人者だったりで、怖いと思うことはよくあります」

読売をネタにして、強請をしていることは、知っているらしかった。

「お金は、あるみたいですね。この間も、灘《なだ》の上物の酒を四斗《しと》の樽《たる》で買っていましたから」

どちらも昼間は、外へ出ていることが多いという。

「二人で、他人の弱みを探して歩いているのであろうか。けしからん奴らだな」

通りに出てから、三樹之助は言った。川角屋太左衛門は、厄介な者たちと関わってしまったようだ。

もう一軒、斜め向かいの家に寄った。錺《かざり》職人の家だった。ここでも同じような話を聞いた。八十兵衛は、近所の者に悪さをすることはないが、親しく付き合うこともしない。そういうことらしかった。女房や子はなく、朝帰りも珍しくないそうな。

「今日は、半刻（約一時間）くらい前に戻って来ていたな。昨日一昨日あたりは家にいた。珍しいね」

職人はそう言った。

「それじゃあ、入《へえ》ってみましょうか」

源兵衛と三樹之助は、兎屋の戸口を開けた。

「あたしが八十兵衛でございますが」

四角張った肉厚な顔、顔の真ん中に鷲鼻が座っている。胸厚のたくましい体つきだった。眼差しは海千山千《うみせんやません》のしたたかそうな輝きを宿している。背後に膝をついてこちらを見上げているのは、定吉らしい。小柄で毛深く、猿を思わせる面相だった。

「川角屋さんにお目にかかった最後は、七月の二十四日ですな。五十両をご融通して、証文を頂戴したときですよ」

源兵衛が、川角屋について話を聞きたいと来意を伝えたとき、八十兵衛の顔つきには何のわざとらしさも感じなかった。「何かあったんですかい」と逆に尋ねてきたのも、当然の問いかけという気がした。

前評判を聞いていなければ、そのまま信じてしまいそうだった。

「五十両は、何のために必要な金子だったのかね」

「さあ、それは存じませんね。ただ表通りに店を張る川角屋さんのご主人が、借用証文に署名し爪印を捺した。こちらはそれだけで充分なんですよ。貸す相手は、確かなお店の旦那さんなわけですからね」

たとえ太左衛門が行方不明でも、川角屋から返金を受ける。これははっきりと言った。

「五十両とは、いかにも大金だ。読売よりも、金貸しが本業に見えるぜ」

「まあ、いろいろやっていますんでね」

「しかし四谷の読売屋が、どうして上野広小路の仏具屋を知ったんだ。腑に落ちねえところだな」

のらりくらりとやる八十兵衛に対して、源兵衛も腹を立てたり慌てたりはしなかった。疑問点をぶつけてゆく。

「さあ、どこで聞いたかは知りませんがね、その三、四日前に訪ねておいでになったんですよ。金を借りたいっておっしゃってね」

「誰から聞いたか確かめもせずに貸したのか」

「そんなことは、しませんよ。ともかくその日は手ぶらで帰っていただきました。その後で、こいつに川角屋を調べさせました。ちゃんとした店で、あの人が主人であることが分かったので、二十四日にご融通してさしあげたわけですよ」

「ご融通してさしあげた、だと。笑わせるじゃねえか」

ここで源兵衛は、大袈裟《おおげさ》な笑い声を上げた。いかにもおかしくて仕方がない、といった笑い方だった。八十兵衛は、むっとした顔でそれを見詰めている。

定吉にいたっては、今にも殴りかかりそうな形相《ぎょうそう》だった。

「とぼけた芝居は、これくらいにしようじゃねえか。おれもそう暇ではねえんだ」

源兵衛は、二人の反応にはかまわずそう言った。そして八十兵衛を睨みつけた。定吉など初めから相手にしていない。

だが八十兵衛も、まったく怯《ひる》まなかった。源兵衛の眼差しを受け止めている。

「そうかい。ならば、大番屋《おおばんや》まで来てもらおうか。人ひとりの行方が知れなくなっているんだ。はっきり言わねえのならば、面倒なことが増えるばかりになるんだぜ」

言葉尻に、苛立《いらだ》ちが潜んでいる。それは八十兵衛や定吉にも伝わったはずだが、これはわざとだった。

供述を促すために、源兵衛は演じたのである。

「どうだ。おめえ、何か川角屋の弱みを握って脅したんじゃねえかい」

「そんなことは、ありません。ご融通申し上げたのですよ。ただね、そこまで旦那がおっしゃるならば、白状いたしましょう。川角屋さんは、銭が入用《いりよう》だった。根津に女を囲っていましたんでね」

大番屋へ行くのは、八十兵衛にしてみれば、面倒なことらしかった。源兵衛ならばやりそうだと、感じたのかもしれない。

「何という名の女だ」

「おろくとかいいましたね。詳しいことは分かりません。ともかくこちらにしてみれば、貸した金を返してもらえれば、どうであろうとかまわないのですからね」

最後まで、脅して取る金だとは認めなかった。なかなかにしぶとい男だった。ただ、おろくという女の名を聞き出せたことは幸いだった。

入り婿の太左衛門は、女房お槙には頭が上がらない。八十兵衛がそれを嗅ぎつけて、強請った可能性は否定できない。

ともあれ源兵衛と三樹之助は根津に向かった。

六

不忍池《しのばずのいけ》と加賀前田家《かがまえだけ》上屋敷の間を抜けて、源兵衛と三樹之助は根津門前町《ねづもんぜんちょう》へ行った。根津権現《ごんげん》への通り道なので、人の通りは少なくない。ただそろそろ夕暮れ時に近くなっていて、参拝《さんぱい》帰りという風情《ふぜい》の者がほとんどだった。

豆腐の振り売りが、売り声を上げている。

妾宅《しょうたく》は、表通りから一本路地を入ったところにあった。贅沢《ぜいたく》な建物ではなかったが、狭いながらも庭のある新しい家だった。

近所の者に尋ねると、おろくがここに住むようになったのは、年が明けてからのことだという。ならば七ヶ月ほどになる。そのときから、太左衛門は通っていたわけだ。

「あたしが、おろくです」

格子戸を開けて訪《おとな》いを入れると、顔を出したのは二十二、三の女だった。やや浅黒いが、目鼻立ちは整っている。難を言えば低い鼻がわずかに上を向いていた。気さくな女に見えた。絹物を纏《まと》っていたが、贅沢な品ではない。

源兵衛が十手を見せると、神妙な顔になった。三和土《たたき》に女物の履物《はきもの》はあったが、男のものはなかった。

「旦那の太左衛門さんは、来ているかね」

源兵衛が問いかけた。三樹之助はその後ろに立っている。

太左衛門がここに潜んでいるのならば、問題はない。五十両の借金の事情を聞けば、源兵衛の受けた依頼は終了したことになる。

「いえ。先月の二十七日にいらしてから、姿を見せていません」

夕刻前に上野広小路の川角屋から、そのまま、ここへやって来たらしい。

「出て行ったのは、いつぐらいだ」

「半刻ほど、おいでになってからです」

それから、まったく姿を現さない。だから気になっていたと、おろくは言い足した。過ごす時間は短いが、二日か三日に一度くらいは、顔を出していたという。

源兵衛を見詰めるおろくの眼差しに、虞《おそれ》があった。

「その日、太左衛門さんには、変わったことはなかったかね」

尋ねると、はっきりと頷《うなず》いた。

「旦那さん、脅されていたんです」

一瞬言うのをためらう気配があったが、はっきりと口に出した。そして逆に問いかけてきた。

「親分さんは、川角屋さんから、何か言われて来たんですか」

上目遣いに見ている。店でも二十七日から行方が知れない。店のおかみのことが、気になるのかもしれなかった。

「そうだ。店のおかみのお槙も、番頭も、おめえのことはまだ知らない様子だったな」

おかみのお槙も、番頭も、おめえのことはまだ知らない様子だったな」

源兵衛がそう言うと、おろくはふうと息を吐いた。

「旦那さんは、あたしのことをおかみさんに知らせるぞと、脅されていたんです」

「相手は兎屋だな。金を出さなければ、読売に載せるぞとやられたわけだな」

「はい。そういうことを言っていました」

「いくら出せと、言われていたのだ。五十両か」

「いえ。はっきりしたことは分かりませんが、二十両くらいだったと思います。旦那さんは、本当に困っておいででした」

「女房のお槙に知れたらば、ただでは済まないからだな」

「そうです」

おろくは頷いた。黒目が寄って本当に怖がっている顔になった。本妻は家付き娘で、太左衛門は頭が上がらない相手だと分かっているらしい。

「おかみに会ったことが、あるのか」

三樹之助が尋ねた。おろくを嫌な女だとは感じていなかった。お槙とは、まるで違う女である。

おろくは太左衛門から金で囲われた女だ。けれども不明になった旦那を案じているのは確かだった。女房お槙は、亭主の行方ではなく、五十両の借用証文の顚末《てんまつ》を知りたがった。

高慢でつんとしているところは、志保と似ている。だが肝心なところで、何かが異なっていた。外見はどうすることもできないが、心情の面では、おろくは志保の方に近い。

「とんでもない。会ったことなんて、一度もありませんよ。でも旦那さんからは、いろいろ聞いています」

「どんなことを、聞いたのだ」

「おかみさんとの間には、子どもが二人あるそうです。でもおかみさんは、旦那さんを奉公人としか考えていないみたいです。店にいたんじゃ落ち着かない。あたしのところへ来て、初めてほっとするって言っていました」

「ほう」

「おかみさんや番頭さんたちに認められたいと願って、身を粉《こ》にして働いて、店の商いを大きくしたんだって。それでも同じだったって。その話を聞いたら、なんだかかわいそうになった」

おろくは、ぼそりと言った。

「おまえは、太左衛門に惹《ひ》かれていたのか」

「別に。あたしは前にも、他の旦那に世話になっていたんです。だから、初めはお金が欲しかっただけ。もちろん今だって欲しいには違いない。いつまでも若くはないから。だからさ、旦那が居心地がよくなるようにいろいろ考えたんです」

「それで、少しは情が移ったというわけか」

「まあ、そうですね。お店を大きくしたのに、ぞんざいに扱われたら、誰だっておもしろくないですよね。それに今やっている商いがうまくいったら、小料理屋を出してくれるとも言ってたし」

「そのために、太左衛門は金が欲しかったのか」

三樹之助は呟いた。金が縁で関わるようになった太左衛門とおろくだが、それだけの関りではなくなっている。

小料理屋を出す資金として八十兵衛から金を借りたとすれば、あり得ないことではない気がした。おろくに店を持たせ、自分は川角屋を出るという夢。

けれどもそれならば、姿を隠すのは腑に落ちない。また金を持ち逃げしようとしたのならば、おろくを連れ出したはずである。

「太左衛門は、脅されていたと言ったな」

源兵衛が、話を元に戻した。

おろくは慌てて首を縦に振った。口止め料は二十両だと答えていた。

証文にある五十両とは、額に大きな差があった。その差が、小料理屋を出すための元手だったとでもいうのか。

ただおろくは、五十両という数字については覚えがないと言った。

「太左衛門は、金を払うつもりだったのか」

「いえ。かりに言われたとおりに払っても、必ずまたやって来るって。だからそれなりの始末をつけないといけないって言っていました」

「では、どうしたのだ」

「用心棒を雇ったんです」

顔馴染《かおなじ》みの源兵衛には、頼まなかった。相談もしなかった。源兵衛に話せば、お槙に伝わると考えたのだろうか。

三樹之助にしてみれば、源兵衛という男は必要以上に口が堅い。しかし太左衛門は、その性質を掴んではいなかったようだ。

「どういう男だ」

「確か、前園畝次郎といったと思います」

「顔を見たのか」

「見ました。そのご浪人が迎えに来たんです。歳は三十代後半で、痩《や》せていましたが背の高い人でした」

「顔に特徴があるか」

「そうですね」

頭を捻ってから、「あっ」と声を上げた。

「左眉の端に、一寸くらいの刀傷がありました」

これは捜すのに、役立ちそうだった。

「どこから連れて来たのかね」

「さあ、どこかの剣術道場からだと聞きましたが、はっきりとは分かりません。上野広小路の武蔵屋《むさしや》の旦那に口利きをしてもらったって、言っていました。あたしが川角屋さんのお世話になったのも、武蔵屋の旦那のお陰でした」

「武蔵屋は顔が広いのだな」

「そうらしいですね。何でも武蔵屋の旦那も入り婿だそうで、気が合うということでした」

おろくの話では、二十七日の夕刻、太左衛門は前園なる用心棒とこの妾宅を出て行った。改めて行き先は伝えなかった。そしてそれきり、姿を消した。

前園と、会わなくてはならなかった。

「おめえの話は、たいへん役に立った」

源兵衛はそう言って、小銭を握らせた。

「ありがとう。でもさ、旦那がこのまま姿を現さなかったら、あたしどうなるんだろう」

不安な顔つきになった。食うに困るということかもしれない。思いがすぐに顔に出る女だ。

「太左衛門さんがどうなったかは、まだ分からねえ。しばらくは様子を見るしかねえだろう」

源兵衛に言われて、おろくは小さく頷いた。

七

「それは、機迅流《きじんりゅう》の籠原道場《かごはらどうじょう》です。乱暴者の客が来て手こずったときに、ご師範《しはん》やご門弟にご足労願っています」

上野広小路の旅籠武蔵屋の主人は、訪ねた源兵衛と三樹之助にそう言った。太左衛門と同じくらいの年頃である。互いに、奉公人だったときからの付き合いで昵懇《じっこん》の間柄だそうな。

太左衛門の行方知れずは、二日前に川角屋から所在の問い合わせがあって、そのときから知っていた。気になっていたところだという。おろくのことは、川角屋の者には内緒で口を利いたのである。

兎屋から脅されたと聞いて、面識のあった籠原道場を紹介したとか。

「あの人も、店にいたんじゃ面白くないことも多いということでしたから、女を囲いたくなった気持ちはよく分かります。お槙さんは平気で人を見下すところがありますからね。おまけに嫉妬《しっと》深い。ですから根津の妾宅には注意をして通っていたはずですが、悪い奴に目をつけられてしまいました」

猿のような小柄な男に、妾宅を出て店に戻るところをつけられたらしい。強請のネタは、一度摑んだら離さない。とことん調べた上で、脅してくるのだ。

道を歩いていて、いきなり兎屋に声をかけられた。

見も知らぬ男が、あまりにも詳しいことを知っていた。太左衛門は恐怖に震えたという。

「けじめをつけるためにも、腕達者を用心棒にすることを勧めました」

籠原道場は、上野広小路から目と鼻の先の南大門町《みなみだいもんちょう》にあるという。

旅籠から外へ出ると、商家や露店には明かりが灯っていた。武蔵屋にいた時間はわずかな間だったが、あたりはすっかり薄暗くなっていた。

「ほう、これが籠原道場か」

玄関先に立って、三樹之助が声を上げた。激しい気合と竹刀《しない》のぶつかり合う音がした。しかし稽古をしているのは、一組だけだった。敷地は百坪ほどで、道場の建物は簡素な造りである。三、四組が稽古をすればいっぱいになってしまいそうな広さといえた。

三樹之助は、本所亀沢町《ほんじよかめざわちよう》にある直心影流《じきしんかげりゆう》団野《だんの》道場《どうじよう》で免許皆伝《めんきよかいでん》を得た。『団野の四天王』とまで呼ばれた腕前だったのである。江戸市中には百を超す剣術の町道場があったが、団野道場は、その中でも五指に数えられる名門といわれた。

団野道場と比べると、籠原道場はいかにも小ぶりに感じられた。

玄関先で声をかけると、門弟らしい稽古着姿の若い男が出てきた。道場主の籠原鱒《ます》右衛門《えもん》を呼んでもらった。

籠原は、四十絡みで大柄な男である。源兵衛よりも三樹之助に目を向けた。剣術家として、こちらの方が気になったのかもしれない。

「前園畝次郎というご浪人様のことで、うかがわせていただきやす」

源兵衛が言って、籠原はそちらに目を向けた。

「いかにも、拙者が川角屋殿に口利きをいたした。厄介な相手らしいということで、前園に行ってもらったのでござる」

「それで、前園様は今どちらに」

会えるのならば、なんとしても兎屋との顚末を聞きたいところである。

「ところがな、あれきり戻ってこんのだ」

「戻らないですって」

「そうだ。当道場だけでなく、住まいの長屋にも帰ってはおらぬのだ」

「消えちまった、てえわけですかい」

「まあ、そういうことになるな」

姿を消したのは、太左衛門だけでなく前園という浪人者もであった。

「前園様は、こちらのご門弟なので」

「そうではない。拙者と同門でな、ここでは客人という間柄であった」

諸国流浪の旅をしていた前園畝次郎は、二月前に江戸へ戻ってきた。籠原が請け人《うけにん》となって裏長屋を借りてやり、しばらく江戸に逗留《とうりゅう》することになっていた。

江戸へ出てきたときは、道場を訪ねて来たとか。

「腕だけは立つのでな。道場破りや用心棒をして、飯を食っておった」

「なるほど。川角屋さんの用心棒には、打ってつけですな」

「さよう。金が欲しいと言っていたからな。川角屋どのの用心棒は、夕方から数刻で、前金で五匁銀六枚。仕事が済んでまた五匁銀六枚であった」

「なるほど、ほんの数刻で一両が手に入る仕事だったわけですね」

どのような相手が来るかにもよるが、手当としては法外な金額だった。

「だからあやつ、金ができてどこぞの岡場所でふらふらしているのかと考えておったのだ」

「すると用心棒の役目が、無事済んだかどうかは、はっきりしないわけですね」

太左衛門ともども、相手に斬られてしまった可能性がないとはいえない。そういう含みを持たせて、源兵衛は問いかけたのである。

「そうだな。しかしな、前園はそう容易《たやす》く斬られる男ではないぞ。あれは、拙者よりも腕が立つ」

籠原はそう言った。

前回江戸に出てきたときのことだから、一年半ほど前のことである。上野広小路で、大きな喧嘩騒ぎがあった。土地の香具師《やし》の若い衆らと旗本や御家人の次三男が、茶店の娘一人を張り合って、睨み合いになった。

それぞれ十数人ずつがいて、香具師の方は棍棒《こんぼう》や匕首を手にして、次三男の方は腰の刀を抜いていた。

「初めは、どこにでもある小さな諍《いさか》いだったが、どちらも引っ込みがつかなくなったのだ」

血気盛んな若者たちである。そして次三男の方には、腕の立つ者が二名交じっていた。

そこで籠原が仲裁を頼まれた。たまたま前園もいたので、門弟ともども喧嘩の場所へ駆けつけた。

場面はちょうど、睨み合いに痺《しび》れを切らした香具師の一人が、棍棒で若侍に打ちかかったところだった。侍は肩を打たれて転倒した。

「おのれっ」

怒声《どせい》が上がり、侍たちはかまわず斬りかかった。香具師たちも刀を怖れてはいなかった。

「死人を出さないように、収めていただけませんか」

町役人《ちょうやくにん》に懇願《こんがん》されていたが、すでに入り交じって刀や棍棒、匕首などが振るわれていた。

「鎮まれっ」

籠原が叫んだが、それでどうにかなる状態ではなくなっていた。

前園は刀を抜いた。峰《みね》に持ち替えると、顔色も変えず喧嘩騒ぎの渦の中へ入っていった。

若侍の中には腕の立つ者がいた。すでに香具師の方に何名かの怪我人が出ていた。

その腕の立つ若侍の一人に、前園は駆け寄っていった。誰の腕が立つかは、乱闘の様子を見ていれば分かった。

前園は刀を峰に返してはいたが、それ以外の容赦《ようしゃ》はしなかった。躍り来る血刀を撥《は》ね上げ、左肩を打った。一撃で鎖骨《さこつ》が砕けたのが分かった。さらにもう一人の腕達者に近寄ると、その腹に刀を入れた。乱闘で、防御が甘くなっていた。肋骨《ろっこつ》の折れる鈍い音が響いた。

動きは、それだけでは止まらなかった。若侍方の手練《てだれ》二人が倒されて勢いづいた香具師の一人に、向かって行った。

上段から振り落とした一刀は、額に当たった。

皮膚が裂けて、血が噴き出した。

「ああっ」

身近で見ていた者が、叫んだ。だがそのときには、もう一人の香具師が、右の二の腕を折られていた。

「瞬《また》く間のことであったな。四人の怪我人が出ておった。殺さぬだけのことだった。若侍どもも、香具師たちも、それで一気に勢いが殺《そ》がれた」

怪我人を担って、侍たちも香具師たちも引き上げていった。

「なるほど、それだけの腕ならば、容易くは殺《や》られねえでしょうね。とすると、やり取りの金を奪って、逃げたのでしょうか」

源兵衛は、言いにくいことをはっきりと言った。

「ううむ。どうであろうか」

籠原は、肯定も否定もしなかった。

源兵衛と三樹之助は、前園の住む裏長屋へ行った。籠原道場と同じ町内である。暮らしぶりを見ようとしたのだ。

建物が傾いたような貧乏長屋ではなかった。路地の掃除は行き届いていた。部屋を覗くと、夜具《やぐ》が一組あるだけで、他には何もなかった。台所には、煮炊きをした気配はうかがえなかった。

「挨拶もしないし、にこりともしない。何を考えているのか分からない、気味の悪いお侍でしたよ」

同じ長屋の女房に尋ねると、そういう言葉が返ってきた。二十七日の夕刻以降で、姿を見かけた者はいなかった。夜逃げでもしたのかと、長屋の者たちで噂をしたそうな。

八

前園の長屋を出ると、通りはすっかり夜の気配になっていた。並んでいる商家は戸を閉じるか、明かりを灯して店の片づけをしていた。

南大門町にも湯屋があり、明かりが灯っていた。職人とその倅《せがれ》が、手拭いを持って暖簾《のれん》を潜ってゆく。

三樹之助は、夢の湯のことを頭に浮かべている。

仕事を終えたお店者《たなもの》や職人、人足《にんそく》などで賑わっていると想像ができた。お久を始め五平や釜焚《かまた》きの米吉《よねきち》、為造《ためぞう》らはてんてこ舞いの忙しさに違いなかった。

午後になって川角屋に呼ばれてから、源兵衛と三樹之助は一度も戻っていない。湯屋の仕事は、任せきりになっている。お久はさぞかし腹を立てているだろうと考えて、気持ちが重くなった。

しかし探索を始めてしまうと、次から次へと聞き込まなくてはならないことが出てくる。人ひとりの命が絡んでいることも、事実だった。

甘んじて、お久の小言を受け入れる。それしか手立てはないと、三樹之助は腹を決めた。

源兵衛はどう思っているのか、見当はつかない。夢の湯のことは一言も口にしなかった。

「もう一度、四谷の兎屋へ行ってみやす。気になることがありますんでね」

黙って歩いていた源兵衛が口を開いた。

「前園と八十兵衛がつるんでいるのではないか、と考えるわけだな」

「へい。囲われていたおろくの話からして、川角屋さんと前園が、八十兵衛と会っているのは間違いありやせん。そして二人の行方が知れなくなったのならば、それに八十兵衛は関わっていると考えるのが、順当なところじゃねえでしょうか」

「それはそうだ」

「八十兵衛と子分の定吉だけで、用心棒の前園を殺して、太左衛門さんに証文を書かせるのは、ちと無理がありそうだ。何かそこに、からくりがあるんじゃねえかと、思うわけですよ」

三樹之助も籠原の話を聞いて、同じことを考えた。

「どうしますかい。いっしょに行きますかい。それとも湯島へ戻りますかい」

源兵衛はようやく、夢の湯のことを口にした。

「そうだな」

三樹之助は迷った。怒ったお久の顔が頭に浮かんでいる。しかしここまできたら、前園と八十兵衛のことを、そのままにはできない気がした。

「おれも、四谷まで行こう」

南大門町から四谷まで、男の足でも半刻近くかかった。夜更けとまではいかないが、道を歩く人の姿がだいぶ減った。広い通りには田楽《でんがく》や蕎麦の屋台店が出ていて、酒を飲ませていた。

途中で源兵衛と三樹之助は、かけ蕎麦を二杯ずつ啜《すす》った。歩き回っていると、腹は確実にすいてくる。

「八十兵衛は食わせ者ですからね、まともに聞いても話にはならねえ。まずは兎屋に前園らしい浪人者が、二十七日からこっち、出入りしていたかどうか。周りで聞いてからにしやしょう」

「よし。それでいこう」

源兵衛に言われて、三樹之助は承知した。

四谷に着いて、まず行った先は表通りの煮売り酒屋だった。戸を開けて中に入ると、昼間とは打って変わって人で賑わっていた。

人足や職人といった男たちが、店内の土間で縁台《えんだい》に座って酒を飲んでいる。肴《さかな》は店で売っている煮しめだった。

どの顔もほとんど出来上がっていて、気炎《きえん》を上げていた。

「おやっ」

店の女房は、昼間やって来た源兵衛を覚えていた。

「背の高い、左眉の端に一寸くらいの刀傷のあるご浪人ですって。さあ、見かけませんね」

店で使っている女中たちにも聞いてくれたが、見かけた者はいなかった。並びにある舂米屋《つきごめや》にも声をかけたが、気づいた者はいなかった。

兎屋のある裏通りに入った。すでに寝てしまったのか、明かりを灯していない家もあった。

錺職人の家には、明かりがあった。声をかけると女房が出てきた。夫婦に、前園らしい浪人者が八十兵衛を訪ねた形跡がないか尋ねた。

「気がつきませんね」

他にも三軒声をかけたが、左眉に刀傷のある浪人者を見たと言う者はいなかった。

「しかたがありませんね。こうなったら、直に当たってみましょう」

兎屋の建物には、明かりが灯っていた。戸を叩くと、八十兵衛が顔を出した。

「これは」

怪訝《けげん》な顔で、源兵衛と三樹之助に目を向けた。定吉は留守らしい。

「どうしても、尋ねておきたいことがあってな。川角屋が連れていた、前園畝次郎という浪人者を知っているな」

源兵衛は、既成事実を念のために確かめるといった口ぶりだった。八十兵衛は、その口元をじっと見詰めていた。

「さて、存じませんね。二十四日にお目にかかったときは、お一人でしたよ」

躊躇《ためら》いのない、言い方だった。いきなり何を言い出すのかという、驚きさえどこかに含んでいる。

「いや、そうじゃねえ。会ったのは、二十七日だ」

断定するように、源兵衛は言っている。その日の夕刻前、おろくの住まう妾宅から、太左衛門と前園は出かけたのである。

「とんでもございませんな。その日は、私は家におりました」

「ほう」

「間違いございません。その日は、夕刻まで月行事《がちぎようじ》の伊勢屋《いせや》さんにお邪魔していました。半月後にある祭りの、お手伝いの打ち合わせをしていたんですからね」

伊勢屋というのは、表通りの舂米屋である。これには源兵衛も三樹之助もたまげた。

「済んだところで、家に戻りました。外へは出ていません。訪ねてきた人はいませんでしたが、明かりはずっとついていたはずです。そうそう、酒を飲んでいましたな」

八十兵衛の口ぶりには、自信が満ちていた。

この言葉通りならば、太左衛門や前園とは会えないことになる。源兵衛は言葉を変えて問い返したが、八十兵衛の返答に変化はなかった。

ここを崩さなければ、話は進まない。

家を出て、源兵衛と三樹之助は伊勢屋へ行った。

「ええ、あの日は八十兵衛さんは見えていましたな。いつもは声をかけても、なかなかお出でにならないのですが」

月行事を務める伊勢屋の主人はそう言った。帰ったのは、暮れ六つ（午後六時）の鐘が鳴る四半刻（約三十分）ほど前だったという。

三度目になるが、錺職人の家にも行った。この職人も、その日伊勢屋に顔を出していた。

「そういえば、あの家には明かりが灯っていましたね。覚えていますよ」

予想した答えが返ってきた。

「八十兵衛は明かりを灯してから、誰にも気づかれぬように家を抜け出したのだな。それ以外には、考えられぬ」

三樹之助は息巻いた。

「まあ、そうでしょうね。いつもは出ない祭りの打ち合わせに、その日に限って出たというのは、いかにもそれらしいですからね」

「ただあやつなら、しょっ引いて痛い目に遭わせても、白状はしないかもしれぬな」

「ええ、そこが厄介なところですね」

源兵衛は顔を曇らせた。

第二章　追い出された女

一

源兵衛と三樹之助が、湯島切通町に戻ってきたのは、五つ半（午後九時）になろうかという刻限だった。夜も更けている。

夢の湯は明かりが消えて、暖簾も片付けられていた。

日が落ちると、湯屋では釜を焚くことはできない。防火のための町奉行所からの達しである。しかし湯が熱い間は、客を入れた。しかしこの時間になると、もう客はいなかった。

八月ともなると、ぬるい湯では風邪を引いてしまう。

表通りの出入り口には、心張り棒《しんばりぼう》がかってある。裏木戸から入った。さすがに閂《かんぬき》はかかっていなかった。源兵衛の帰りがあまりに遅いと、怒ったお久が裏木戸も門をかけてしまうときがある。

台所には明かりが灯っていた。話し声は聞こえない。湯屋は朝が早いから、もう寝てしまっていても、おかしくはない刻限だった。

台所口の戸に、三樹之助は手をかけた。開くとお久が閻魔《えんま》の形相で腕組みをして立っているのではないかと、一瞬そんなことを考えた。

怒鳴られるのを覚悟で、戸を横に引いた。

「おかえりなさい」

現れたのは閻魔のお久ではなく、寝巻き姿のおナツと冬太郎だった。いつもならば、二人とも寝てしまう刻限である。

「どうしたんだ。夜更かしして」

説教を覚悟していた分だけ、拍子抜けした。台所兼奉公人の居間である。

お久はと見ると、番頭の五平と帳付けをしていた。薪《まき》の掛かりや湯賃、菓子類の売り上げなどといった一日の出納《すいとう》を、現金と合わせながら書き込んでいたのである。

算盤《そろばん》を弾く音が聞こえた。何をしていようと、昼間からこの刻限まで帰らなければ、必ず叱責《しっせき》の声が飛んできた。しかし今夜は、ちらと一瞥《いちべつ》を寄越しただけだった。

怒っている気配は感じられない。

「今日はね、おっかさんはちょっとおかしいんだよ」

三樹之助が不審に思っていることを察したおナツは、そう言った。おナツも機嫌が悪いわけではないが、何だか元気がない。

「それで、夜更かしをしていたのか」

源兵衛は、さっさと上がり込んだ。説教がないと知って、自分の部屋に入ってしまったのである。

「まあ、叱られないからね。それに三樹之助さまに、これを見せたくてさ」

そう言ったのは、冬太郎である。体の後ろに隠していたものを前に出した。

「ほう。これは見事だな」

体の小さな冬太郎では、片手で持つのが難しいくらいの大きな独楽《こま》だった。赤、緑、黄の彩色が施されている。日本橋通町《とおりちょう》の老舗にでも行かなければ、手に入らないような品である。

「姉ちゃんも貰ったんだ」

「ほう、これは」

胡粉《ごふん》塗《ぬ》りの木目込《きめこ》み人形である。衣装も緞子《どんす》を使った、上質の品だった。

「いったい誰が、くれたんだ」

手土産《てみやげ》にしては、念が入りすぎている。ごく親しい間柄だとしても特別な贈答品だろう。

「竹造さんが、来たんだよ」

冬太郎は、誰でもが知っているという口調で言った。しかし三樹之助は、初めて聞く名である。夢の湯に来て四月目になるが、一度も聞いたことはなかった。

「おとっつぁんとおっかさんの、昔の知り合いなんだってさ」

おナツがぼそりと説明した。

「ほう。おナツや冬太郎のおとっつぁんか」

「そうだよ」

姉弟の父親は、三年前に亡くなったはずだ。名は乙松《おとまつ》というと、聞いたことがあった。それで寡婦《かふ》となったお久は、実父源兵衛の商う夢の湯へ、子ども二人を連れて戻ってきたのである。

お久は一人娘だった。

ただ三樹之助が知っているのは、そこまでのことだ。乙松が職人であったことは、おナツから聞いたが、あれこれと詮索《せんさく》はしなかった。

「その竹造というのは、どんな人だったんだ」

「うんとね。ものすごい男前でね、みんな役者でもしていたんじゃないかって、噂をした」

「そうだね。女湯のお客が、のぞこうとしたくらいだからね」

おナツが言って、冬太郎が付け足した。

「ほう。それはすごいな」

「おっかさんだって、いつもと様子が違ったよ」

これは声を落として、おナツが言った。

「竹造さんがやって来たときは、すごく驚いたみたいだったけどさ。すぐにおっかさん、嬉しそうな顔をしたね。おいら泣くのかと思ったよ」

「うん。あたしも」

よほど親しくしていた相手、ということになる。

「訪ねてきて、それでどうしたんだ」

「あたしたちにお土産くれて、おっかさんと何か話していた。四半刻（約三十分）くらいいて、帰って行ったね」

「何を話していたんだ」

「さあ。でもおっかさん、もっと話をしたかったみたい」

おナツは思い出したように付け加えた。無駄話を嫌うお久にしたら、極めて珍しい。

「ねえ。この独楽まわしてよ」

冬太郎が、差し出した。六歳の子どもでは、重くてまわせない代物《しろもの》である。回してやるのは、わけのないことだった。けれども冬太郎は、いかにも眠そうな顔をしていた。おおきなあくびをしている。

そこへお久から声がかかった。帳付けが終わった様子である。

「さあ、寝るよ。夜更かししちまったじゃないか」

姉弟を呼び寄せた。

「よし。ならば明日、まわしてやろう」

三樹之助がそう言うと、冬太郎はしぶしぶ頷いた。眠かったのかもしれない。

お久は三樹之助には振り向きもしないで、子ども二人を連れて寝間へ入っていった。

台所の板の間に残ったのは、五平と三樹之助だけになった。

「それじゃあ、私は失礼しましょうかね」

五平は住み込みではない。近所に女房と暮らしていた。

「ちと尋ねたい。今日は竹造という者が訪ねてきたそうだが」

昼過ぎから留守にしてしまった。そのことを詫びた後で、三樹之助は尋ねた。

「はい。おいでになりました。八つ半（午後三時）ごろでございますな」

「おナツや冬太郎は、高価な土産をもらったようだが、よほど親しい相手だったのかね」

「ええ、そういうふうに聞きました」

「では五平どのは、あまりよく知らない相手なのか」

「そうですね。お久さんの亡くなったご亭主の、朋輩《ほうばい》ということでございます」

お久の亭主乙松は、版木職人だったとか。神田明神下同朋町《かんだみようじんしたどうぼうちよう》の『彫常《ほりつね》』で、腕っこきといわれた。竹造は、その弟弟子だそうな。

乙松は三年前に、三十で亡くなった。労咳《ろうがい》とは違うが肺腑《はいふ》の病だった。咳《せき》が出て息苦しくなった。医者からは、治療法などないと告げられた。二ヶ月ほど息を吸えない苦しみを訴えてから、ある朝息を引き取っていた。

「竹造さんは、三つ年下だったはずです。だいぶお若く見えますがね。乙松さんとは、兄弟の仲だったと聞きましたよ」

「そうか。しかしまったく話を聞かなかったな」

「ええ、そうですね。九年前に江戸を出られて、上方へ行ったとか」

「上方へか。何か、そうなる事情があったのかね」

数えてみれば、二十歳そこそこの年齢となる。職人としてそろそろ技術が身についてくる頃で、そういう時期に江戸を離れるのは、何か事情があったのではないかと考えたのである。

「詳しいことは、存じませんがね。竹造さんという方は、版木職人としてはなかなか優れた腕をお持ちだとうかがいましたな」

乙松はすでに一人前の職人となっていた。お久と所帯を持ったのは、九年前のことだという。竹造は、まだお礼奉公も終わらない身の上だった。

けれども竹造は、兄弟子の乙松に劣らない腕をすでに身につけていた。錦絵《にしきえ》の美人画を手がけられる腕があったそうな。髪の毛の一本一本まで、彫り分ける技を身につけていたとかで、版木職人としての天稟《てんぴん》があったといえるだろう。

「ただそうなると、周りがそのままにはしておかない。ご禁制のあぶな絵に、手を染めてしまったんですよ」

あぶな絵とは男女の交情を描いたものをいう。煽《おだ》てられたのか、あるいは目先の銭に心を奪われてしまったのか。

「露見しそうになったところで、源兵衛さんがツテを得て、江戸から出したのですよ」

「なるほど。それが、九年ぶりに江戸へ戻ってきたわけだな」

「そうです。おかみさんは、ずいぶん驚かれたようですな。でもよほど嬉しかったのではないでしょうか。想い人に再会したようでした」

これは、おナツや冬太郎も言っていた。仕事をほっぽりだし、夜更けまで出歩いていた源兵衛や自分を、叱りつけることも忘れていたのである。

「月日がたって、ほとぼりが冷めたと踏んで、戻ってきたわけか」

「まあそうかもしれません。神妙な様子でしたね。旦那さんには角樽《つのだる》を持っておいでしたよ」

下り物の酒で、子どもたちの土産も含めて奮発している。金には困っていないらしい。

「江戸に腰を落ち着けるのかね」

「まあ、こちらが生まれ育った土地でございますからね」

「そうそう、なかなかに男前だと聞いたが」

「はい、それはもう。役者絵から抜け出してきたようでした。五つ六つ年若に見えますな。店に入る姿を目にして、男湯を覗いた娘がありました。そんなことは初めてです。男湯の客も、しばらくはぽかんと見ていました」

竹造は湯には入らなかったが、訪ねてきたときは男湯の暖簾を潜った。初めに応対したのは五平である。

「またおいでになる、と話していました」

女客が騒ぐだろうと、五平は言った。

二

翌朝、お久は源兵衛と話をしていた。昨日遅くまで不在だったことを、責めている気配ではなかった。

竹造のことを話題にしている様子である。機嫌のよい顔つきではない。

源兵衛も、ときおり何か言っていた。

板の間の雑巾がけが済むと、冬太郎が独楽をまわしてくれと、三樹之助のところへやって来た。

「よし、見ていろ。それっ」

独楽はぶんと音を立ててまわっている。冬太郎ははしゃいだが、おナッツは何も言わないで、独楽を見たり話をしているお久に目をやったりしていた。いつものように、源兵衛を責めないのが気になるのかもしれなかった。お久と源兵衛の話しぶりを見ていると、お久の方が下手《したて》に出ているようにさえ感じられる。おナッツもそれで心持ちが穏やかではないのだろう。

はっきりとは言い切れないが、お久に何かが起こっている。そう感じるのは、三樹之助だけではなさそうだった。

「三樹之助さん。済まねえが今日は一人で、おろくの家を出た後の、川角屋の動きを洗ってみてはもらえねえか」

お久との話が済んで、源兵衛は三樹之助にそう言った。自分は他の用事ができたと付け加えている。

その用事については、何も口にしなかった。竹造に関わることなのかもしれない。

「分かった。ではさっそく、出かけよう」

三樹之助は、腰に刀を差して夢の湯を出た。

とはいっても、探る目当てがあるわけではなかった。太左衛門は用心棒前園と根津の妾宅を出て行ったきりである。

もう一度、おろくを訪ねることにした。あの日太左衛門は、行き先を告げて出て行ったわけではなかった。しかし迎えに来た前園と、それらしい話をしていなかったか、思い出してもらおうと考えたのである。

「ああ、昨日のお武家さん。旦那さんの行方は、知れましたか」

おろくは三樹之助を覚えていて、さっそく問いかけてきた。

「いや、まだだ」

そう答えると、がっかりした顔つきになった。太左衛門がどうなったか案じていた様子だった。

「ここを出て、前園とどこへ向かったか。それが分かると、もう少し捜しようがあるのだが」

三樹之助が言うと、おろくは首を傾げた。しきりに何か思い出そうとしている。

「あたしに言ったんではないんですけどね。なんとかっていうお寺の名を、用心棒に言っていましたね。はて、なんだっけ」

「寛永寺《かんえいじ》や浅草寺ではないのだな」

「ええ、違います。でも大きなお寺」

なんとか思い出してほしいと、祈るような気持ちでおろくの顔を見詰めた。

「ここまで出ているんですがねえ、あれはねえ……。そうそう思い出した。伝通院ですね」

「そうか、でかしたぞ」

伝通院ならば、根津からそう遠い距離ではなかった。四半刻もかかるまい。

「でもさ。そこへ行ったわけではないと思いますよ。そういう声が聞こえただけですから」

おろくは慎重な言い方をした。しかしそれでも、何も聞かないよりはましだった。

「旦那さんが見つからないと、あたし困るんですよ。小料理屋を出すどころか、この家にだって、いられなくなっちまいますから」

太左衛門の行方も気になるが、己の身の振り方にも不安があるらしかった。妾宅の家賃も払わなくてはならない。おろくにとっては、それも差し迫った問題なのかもしれない。

「ともあれ、伝通院の付近を聞き込んでみよう。少なくともそのあたりは二人で通ったのであろうからな」

三樹之助は、根津から加賀藩上屋敷を北側から回って、伝通院の門前町に出た。ここには家康《いえやす》公の生母《せいぼ》於大《おだい》の方《かた》の墓がある。将軍家とは深い縁のある寺で、広大な敷地を有していた。

境内には、武家だけでなく、参拝する町人の姿も見えた。本堂の奥には、広大な墓所が広がっている。

「先月の末、二十七日の夕刻に、長身で左眉のはずれに一寸ほどの刀傷のある浪人者と、商家の主人が通ったはずだが、覚えてはおらぬか」

まず通りかかった、若い蜆《しじみ》の振り売りに声をかけた。相手は、ぽかんとしている。

先月の二十七日と言われても、三日も四日も前のことを、きっちりと覚えてなどいないに違いない。

三樹之助も問いかけていて、返答に困るだろうとは予想がついた。しかしこちらにしてみれば、そう尋ねるよりは他に手立てがなかった。

「さあ」

蜆売りは、曖昧《あいまい》な笑みを浮かべて行ってしまった。次に通りかかった羅宇屋《らうや》、そして門前町の青物屋と豆腐屋の女房に問いかけた。

「あたしゃ、昨日のことだって覚えちゃいませんよ」

豆腐屋の女房には、面倒臭そうに言われた。

小さな茶店があった。参拝の客が、一休みする店である。団子の幟が揺れていた。

三樹之助は立ち寄って、茶と団子をもらうことにした。小腹がすいていた。

「お待ちどお」

茶と団子を運んできたのは、まだ十七、八の娘である。肥えていて器量よしとはいえないが、愛嬌《あいきょう》のある笑顔だった。

この娘にも、同じことを聞いた。

「あたしは気がつきませんでしたが、そういうお侍さんとぶつかりそうになって、怖い思いをしたと言った人がいましたね」

「ほう、そうか」

団子が喉《のど》に詰まりそうになった。

「二十七日のことかどうかは、分かりませんけど」

茶店から五軒ほど先の、荒物屋の婆さんだという。

団子を口に押し込み、茶で呑み込んだ。代を払うと、三樹之助はさっそく荒物屋を訪ねた。

店には十五、六の小僧がいて、婆さんを呼んでもらった。出てきたのは、白髪《しらが》で腰の曲がった、七十前後とおぼしい女だった。

「はい。どのようなご用件ですか」

だいぶ耳が遠いらしい。耳に口を近づけ、三樹之助は大きな声を出した。

「えっ、あたしがどなたかと、ぶつかりそうになったんですか」

もうそのことは、忘れてしまったといった言い方だった。

「そこの茶店の娘さんが、そう言っていたぞ」

話を通すだけでも、手間がかかる。三度も四度も言って、ようやく分からせるのである。

「ああ、そうでしたか。はて、どんなお相手でしたか」

何度目かの、前園と太左衛門の外見を伝えた。いらいらしたが、それは顔には出さない。

聞き込みは辛抱だと、源兵衛から聞かされている。

「怖い思いをしたと、聞きましたよ」

「ああ、そうそう。眉に刀傷があってね、あたしを睨みつけたお侍がいましたね」

要領を得ない話を、遮《さえぎ》らず丁寧に聞いた。

いつの日のことかは忘れたが、嫁に行った娘を訪ねた帰り道、伝通院の門前近くで石ころに蹴《け》躓《つまず》いた。体がよろけて、通りかかった侍にぶつかってしまった。尻餅《しりもち》をついたというのである。

「ものすごい顔で、睨まれてね。殺されるのかと思いましたよ」

婆さんは言った。ようやくそのときのことが、頭に浮かんだらしかった。

「それで、どうしたんですか」

「いっしょにいたお店者が、手を貸してくれて、あたしを立たせてくれたんですよ」

共に四十前後の年恰好。前園と太左衛門だと思われた。

「二人は、どちらの方向へ、歩いていったんですか」

一番尋ねたいことを口にした。二十七日であることにはこだわらない。

「え、どっちへ行ったって。あたしは、家に帰ってきたんですよ」

「そうじゃない。お侍とお店者ですよ」

「ああ、あの人たちね。それは」

婆さんは、わずかに迷った後で指差しをした。指した方向は、伝通院の裏手に回りこむ道だった。

「よし。そこまで聞けば充分だ」

知りたかったのは、その一点である。手間取ったが、婆さんには感謝した。礼を言って、その示された道を歩き始めた。

右手には寺の白壁が続く。左手は武家地だった。人気《ひとけ》はない。しばらく歩いて、二人連れの男がやって来た。どちらも二十代半ば、懐に匕首を呑んでいそうなやくざふうの男である。

ちらと三樹之助に目を向けた。太々しい顔つきだった。

さらに歩いてゆくと、民家が現れた。空き地や寺などもあって、人の住まわない屋敷なども見られた。江戸のはずれの町並み、といった気配で、何か取り立てて不審なものがあるわけではなかった。

それほど遠くないところには、青物を植えた畑もうかがえた。

次に人が現れたのは、背中に籠を背負った中年の農夫だった。三樹之助は声をかけた。

「先月の二十七日の夕刻から暮れるあたりで、何か騒ぎがなかったかね」

「いや、ここらでそういうことがあったとは、聞きませんね」

前園と太左衛門らしい二人連れについても、農夫は記憶にないと言った。

仕方がないので、目に付いた民家に入って、問いかけることにした。人が通るのを待っていたならば、いつ現れるか知れたものではなかった。

「さあ、気がつきませんでしたねえ。何かがあれば、すぐに話が伝わるはずですがね」

出てきた桶職人はそう言った。

五軒回っても、それらしい手掛かりはなかった。六軒目では、初老の女が顔を出した。

「何か起こったかは知りませんけどね、内緒の博奕場《ばくちば》があるという話は聞いたことがありますよ」

ときおり身元の知れない者が、やって来るとか。

そう言われて三樹之助も、さきほど二人連れのやくざ者らしい男とすれ違ったことを思い出した。

「場所は、どこなんですかね」

「さあ、それは」

初老の女は、首を横に振った。

その博奕場が、前園と太左衛門の行方不明に繫がるのかどうか。それは分からないが、ともあれ捜してみようと考えた。

午後になって、そろそろ日が傾き始めた頃、三樹之助はようやく博奕場を探り当てた。伝通院裏手の寺領百姓地《じりょうひゃくしょうち》の一角にある古家だった。今は人は住んでいないが、博奕のある三と七の日には、人がやって来るというのであった。

二十七日は、博奕が行われていたことになる。

三

ピーヨ、ピーヨ、ピトルル。

鵯《ひよどり》が、青い秋空の下で鳴いている。群がって木の実をついばんでいた。

湯島切通町の午前中。三樹之助は通りに水を撒いた。忙《せわ》しなさそうに、人が行き来してゆく。

湯屋が混み始めるのは、昼が過ぎてからである。一日のうちで、暇な時間帯だった。

おナツは手習いに行っていて、冬太郎だけが三樹之助の傍《そば》にいた。朝から何度も独楽を回してやっている。

「昨日もね、竹造さんが、来たんだよ」

別に尋ねたわけではなかったが、冬太郎が言った。三樹之助が伝通院へ行っていた頃のことらしい。今度は土産などは持ってこなかった。

「本郷春木町《ほんごうはるきちょう》の長屋に入ったんだってさ。じいちゃんが、請け人になったらしい」

竹造は、下谷長者町《したやちょうじゃまち》の旅籠で草鞋《わらじ》を脱いでいた。ようやく住まいが決まったらしかった。本郷春木町ならば、湯島切通町とは目と鼻の先である。

「おっかさんがさ、茶碗や箸《はし》、鍋《なべ》、布団なんかを買って、長屋に入れたんだ。お金は、竹造さんが出したんだけどさ」

お久が世話を焼いた。買い物には、冬太郎とおナツも付いていったらしい。

「何を買うにもさ、ものすごく考えていいものを買った。いちいち竹造さんの話を聞いてさ。いつもなら、さっさと買っちまうのに」

冬太郎は、首を傾げた。

「楽しそうだったのか」

「わかんない」

気になるのは、お久が底抜けに明るいわけではないことだ。竹造のためにした買い物も、心底喜んではいない。冬太郎の話を聞いていると、そういう気がするのだった。

このへんの気持ちは、冬太郎には分からない。けれどもおナツは、昨夜も今朝も何か気持ちにわだかまりがあるらしい。

子ども心にも、お久の常とは異なる様子が気になるのかもしれなかった。

「竹造という人、ちょっとこわいと思うことがある」

「ほう。どんなところでだ」

「うーんと、よくわかんないけど。なんとなく」

おナツも冬太郎も、昔の竹造を知らない。突然高価な土産を持って現れたのである。もっとも冬太郎にしてみれば、父親の顔さえあやふやなはずだった。

店に入って、三樹之助は番台の五平に話しかけた。

「昨日はお久さん、歌舞伎役者《かぶきやくしゃ》の世話を、いろいろ焼いたそうだな」

「ええ。乙松さんの弟子とはいっても、それだけではない感じでしたね」

五平は声を落として言った。かいがいしくやったらしい。

「源兵衛さんが口利きをして、版木の親方のところへも詫びを入れたそうですよ」

このときは、源兵衛が同道《どうどう》した。

「ならば元の鞘《さや》に戻って、版木の仕事をしようということだな」

「そういうわけですね。うまくいけば、いいのですが」

これは、五平の本音らしかった。もちろん竹造のためではなく、お久のためにである。

「二枚目役者がやってきて、女湯はさぞかし騒がしかったのだろうな」

「そりゃあもう。おナツさんと冬太郎さんを連れてはいましたが、お久さんが一緒に出かけましたから。いったい何者だってしつこく聞かれました」

苦々しい顔で言った。

男湯の客たちは、その様子を横目で見て、鼻白んでいたらしい。

夕刻になって、三樹之助は源兵衛と連れ立って夢の湯を出た。昨日探り当てた、博奕場を当たってみようと打ち合わせたのである。

昨日見聞きしたことは、漏《も》らさず源兵衛に伝えていた。

「何事も起こっていないのならば、伝通院の裏手からさらにどこかへ行ったとも考えられますね」

話を聞いた源兵衛は、そういうことも言った。

大名屋敷や寺の前を通って、伝通院に向かう。人通りの少ない道だ。たまにすれ違うのは、武士か僧侶《そうりょ》だった。

沈んでゆく日差しが、正面に見えた。

「昨日も、竹造という者が来たそうだな。男前で、女湯の客がうるさくてかなわぬと五平が言っていた」

三樹之助は、それとない口調で言ってみた。詮索をするつもりはなかったが、竹造を源兵衛がどう思っているのかは、知りたい気がした。

高価な土産をもらったおナツと冬太郎だが、いま一つしっくりしないものを感じている。姉弟は、相手が誰であっても、心を開いていれば近づいてゆく。それは三樹之助には高慢な鼻持ちならない女にしか見えなかった志保への対応でも、分かることだった。

志保にしろお半にしろ、高慢な部分が消えたわけではないが、夢の湯では表裏のない過ごし方をし、子どもたちに関わっていた。おナツも冬太郎も、それが分かるから懐いていったのである。

姉弟は、子どもの嗅覚《きゆうかく》でもって、目には見えない竹造の何かを警戒しているのだ。

「あいつは昔から、女には持てやしたね。危なっかしいところがあって、女は放っておけなくなるんですね」

「版木の腕は、なかなかだと聞いたが、これからも仕事をやってゆくのか」

「まあ、様子を見やす。乙松が兄弟だと思っていた相手ですからね、そのままにはできやせん」

源兵衛はそれだけ言うと、話題を変えた。釜に焚く薪の値が上がった話だった。この手の話をするのは、いつもはお久である。源兵衛は、竹造の話をしたくないらしかった。

伝通院の前に出た。読経《どきよう》の声が聞こえてくる。

日はだいぶ沈んで、西空が朱色《しゆいろ》に染まりかけていた。道には薄闇が這い始めていて、どこからか虫の音が聞こえてきた。

寺の裏手に回る道に入った。西日の朱色が濃くなるにつれて、様々な虫の音が重なって聞こえるようになった。

途中に空き屋敷があって、崩れかけた垣根の向こうに、庭一面に芒《すすき》の穂が広がっているのが見えた。穂先が朱色に染まって、微《かす》かに波打っていた。

伝通院の墓地の裏手に出た。

「あれが、博奕場として使われる古家だ」

三樹之助は、伝通院領百姓地の一角にある建物を指差した。数本の樹木に囲まれた、百姓家である。古家だが、崩れかけているといった代物ではなかった。

三と七の付く日に、博奕場が開かれる。今日は三日だから、当然博奕は行われるはずだった。

樹木の陰から見ていると、人がやって来て、建物の中に吸い込まれていった。入口に人が潜んでいて、訪れた者を中に入れている様子である。

「あいつらは、見張りを兼ねているわけだな」

源兵衛がつぶやいた。

博奕場を取り締まるのが目当てではない。出てくる者を待って、話を聞くことにした。

やって来るのは、職人やお店者ふうだけでなく、武家の姿もあった。

一刻(約二時間)ほど待って、ようやく客の一人が出てきた。あたりはすでに、真っ暗になっている。

聞こえてくるのは、虫の音だけだ。

「な、なんでい」

中年の職人ふうの男は、いきなり現れた源兵衛と三樹之助に驚いた様子だった。

「ちょいと、聞かせて欲しいんだ。あんたに迷惑はかけねえからな」

源兵衛はそう言ってから、問いかけを始めた。

話を聞いた職人は、あっさりと言った。

「前園という浪人者や、太左衛門という商人の名は聞かねえな。左眉に刀傷のある浪人っていうのも、見かけねえよ」

「先月の二十七日に、二人でやって来たはずなのだがな」

「ちょっと待ってくんねえ。その日は、賭場は開かれなかったぜ」

「なんだと。七の付く日は、やるんじゃねえのか」

「そうなんだが、人が集まらなくては始まらねえ。その日は、なくなったって聞いたぜ」

拍子抜けした。

事実ならば、前園や太左衛門とは関わりのないことになる。

さらに博奕場から出てきた三人の者に、話を聞いた。最初の男が言ったとおり、二十七日は、賭場は開かれていなかった。

伝通院の裏手まで辿《たど》り着いたが、ここで手掛かりが途切れてしまった。

四

三樹之助は、朝から材木拾いに回っていた。引き出した荷車が満杯になれば、仕事をしたという気持ちになる。反対に、どれほども集められないときには、忸怩《じくじ》たる思いになった。

源兵衛が八朔の挨拶に回った大工の家にも寄って、余りの材木を貰い、荷車はどうにかいっぱいになった。満足して夢の湯へ戻ってくると、釜焚き場に冬太郎がいた。

昨日までは、貰った独楽をまわしてくれとせがまれたが、今日になってからはまったく言わなくなった。

「飽きたのか」

「さあ」

そっけない答えが返ってくるばかりだった。

「独楽よりもさ、志保さまのお屋敷へ、虫聞きに行く方が楽しみだよ。姉ちゃんもそう言っていた」

道灌山にある酒井家の別邸に、呼ばれていた。泊まりがけで行く虫聞きの方が、よほど楽しみらしかった。

三樹之助も、虫聞きに行くことが嫌なわけではなかった。志保と同じ場にいるのは胸に重いが、何もなければ物足りない気持ちになる。

「あのさ、竹造さんが来ているよ。じいちゃんに挨拶に来たんだよ。親方のところで、初めて仕事をもらったんだってさ」

一昨日付き添ってもらって、詫びを入れた。そして今日にはもう、最初の仕事を貰った。竹造の江戸暮らしは、順調な滑り出しといえそうだった。

流し板の裏手にある台所の板の間で、話をしているという。

「顔を、のぞいてみるかい」

冬太郎に言われて、その気になった。

細く開けた戸の隙間から、中をのぞいた。源兵衛の後ろ姿とお久の横顔、それに竹造の正面からの顔が見えた。

「なるほど」

鼻筋の通った男前だった。眼差しに鋭さがあって、目鼻立ちが整っているだけでなく、どこかに翳《かげ》があると感じた。

堅気として生きてきたのではない。その微かな崩れ具合が、整った面立ちと相まって男っぷりを上げていた。

竹造は、源兵衛に頭を下げている。その様子がぎこちなく見えた。

お久は、差し出口は一切利かない。聞き役に回っている。しかし竹造を見る眼差しは、これまでには誰にも見せなかった、気弱さと恥じらい、不安と脆《もろ》さといったものが潜んでいると思われた。

「おっかさんは、あの男前に、いかれちまったのかな」

木戸の隙間から顔を離すと、冬太郎が言った。ずいぶんとませた言い方だったので、びっくりした。

湯屋ではいろいろな会話が飛び交うから、ときにはませた口の利き方をすることがある。

しかし六歳の子どもでも、母親がいつもと様子が違うことくらいは気がつく。そこに得体の知れない恐れを覚えているのかもしれなかった。

その気持ちは、三樹之助の中にもあった。

お久はいつものように、源兵衛に強く出られない。

竹造が、どういう意図で九年ぶりに江戸へ戻ってきたのか。そこらへんの斟酌《しんしゃく》をすることはできないが、とにかくお久の様子が変わっている。

何か企みを持って江戸へ戻ってきたのならば、お久は巻き添えを食うだろう。

もちろん事が起これば、源兵衛にしても自分にしても、いや夢の湯のすべての者が、お久を守ろうと奔走《ほんそう》することになる。しかしできるならば、大事は起こらないでほしいと、その願いは大きかった。

もちろん竹造が、何かをしでかすとは限らない。取り越し苦労ならば、それはそれでいいのである。

三樹之助は五平に頼んで、一刻ばかりの暇をもらうことにした。明神下同朋町の『彫常』周辺へ行ってみるつもりになっていた。竹造について、もう少し詳しく知りたいと思ったのだ。

まず『彫常』の斜め向かいにある葉茶屋《はぢゃや》へ、顔を出した。四十代半ばの、店番をしていた女房に尋ねた。嫁に来て三十年近くここに住んでいるという。

　乙松のことも竹造のことも、よく知っていた。

「二人とも、十か十一くらいのときに、小僧としてやってきました。乙松さんが、三年ほど兄貴分で、面倒をよく見てやっていましたっけ」

　職人の世界では、同じ小僧でも、修業の年数によって上下関係は厳しかった。竹造は早くから腕のよさが見込まれて、兄弟子に憎まれた。男前で、娘たちに色目を使われるのも気に入らなかったのかもしれない。

　些細《ささい》なことに因縁《いんねん》をつけられ、殴られたり蹴られたりした。指を踏んづけて、使えなくしてしまおうとする者さえあった。

　それを身をもって庇《かば》ったのが、乙松だった。

「ちょっかいかけてくる、娘や後家もありましたね。そんなことに気を奪われては一人前の職人にはなれないって、乙松さんはいつも言い聞かしていましたよ。あの人がいなかったら、竹造はとっくに『彫常』から逃げ出していたでしょうね」

　それでも、とうとう竹造はあぶな絵に手を出してしまった。銭の力に負けたのだろう。女房が乙松にはさんをつけても、竹造については呼び捨てにする理由は、そこらへんにあるらしかった。

「昔から、危なっかしい子でしたよ」

自分には、甘いという話だ。

「色恋沙汰は、なかったのかね」

言い寄られるのではなく、竹造の方が好意を寄せる。そういう相手が、あっても不思議ではない気がしたのだ。

年頃になれば、男前であろうがなかろうが、どこかの娘に恋心を抱くのは不思議なことではない。

「それがさ。どうもあったらしいんですよ」

「やはりな」

「好いた娘がいて、その相手が、乙松さんと同じ人だった気配がありますね」

「なんだって」

これには仰天《ぎょうてん》した。乙松と同じ相手ならば、お久ではないかと気づいたからである。

「はっきりは分かりませんけどね。その娘さんと二人だけで歩いているのを、私は見たことがありますから。どちらも楽しそうに話していましたよ」

「しかしその娘は、竹造とは夫婦にならなかったわけだな。乙松と所帯を持ったわけだな」

「まあ、そうですね」

お久は、乙松を選んだということらしい。

竹造はどう見ても二十代半ばにしか見えないが、もう三十歳になった。九年前も、なかなかの男前だったに違いない。お久はその男前を、振った。

三樹之助は、話を聞いた葉茶屋の女房から、四年前まで『彫常』で女中をしていた、トミという婆さんの住まいを聞いた。乙松や竹造が奉公した頃から、ずっと仕事場にいたそうな。

神田佐久間町《さくまちょう》の長屋に住んでいる。

「ええ。あの二人のことは、よく覚えていますよ」

トミは、懐かしむ顔で答えた。

「そうですよ。湯屋の娘さんでね。近くに湯屋があるのに、二人でよく切通町まで通っていましたね」

トミも乙松と竹造が、お久に関心を持っていたことは気づいていた。

「源兵衛という娘のおとっつぁんがやって来て、親方の常蔵《つねぞう》さんと、何やら話していましたっけ。その後ですよ。乙松さんが、その娘と所帯を持つって聞いたのは」

そしてあぶな絵の話が起こって、竹造は『彫常』を出て行った。

「あぶな絵のことは、本当か嘘かは分からないんですよ。だってそんなことが本当ならば、親方の常蔵さんだって、ただでは済まないですからね。でも何のお咎めもなかった」

「すると竹造は、娘に振られて、そのために江戸から離れたということも、ないとはいえないわけだな」

「はい。そう考えた職人さんもいましたね」

五

そのまま三日が過ぎた。

「志保さまの道灌山のお屋敷に行く日が、せまってきたね」

「早く行きたいね。いよいよ明日だね」

おナツと冬太郎が、話していた。胡粉の木目込み人形も大ぶりな独楽も、台所の板の間の隅に置かれたままになっている。

虫の鳴きまねと、飛び跳ねる虫の仕草が、少しずつそれらしく見えるようになった冬太郎だった。

「泊りがけでさ、お屋敷に虫聞きに行くんだよ」

訊かれもしないのに、冬太郎は誰かれかまわず言う。

「そうかい、そうかい」

常連客は、毎日のように聞かされる。

源兵衛は、引き続き川角屋と前園の動きを洗っていた。

伝通院裏手をへて、博奕場でなければ、どこへ行くことができるか。商家や民家というよりも、田園といった風景が広がっている。

手先を使って入念な聞き込みをさせていたが、二人を見かけた者は現れなかった。

また何かの出来事があったという話も聞くことはなかった。

「まあ、太左衛門さんらしい死体も上がっていませんからね。ともあれ細い糸でも、手繰《たぐ》ってゆくしかありやせんね」

源兵衛はそう言って、出かけていった。

三樹之助は、朝から釜焚きを受け持っていた。熱湯《あつゆ》好きが多いので、薪は小まめに、釜の中へ満遍《まんべん》なく投げ込んでいかなくてはならない。

真っ赤な炎の中で、薪の爆《は》ぜる音が聞こえた。

釜焚きをしているときは、木刀で剣術の稽古もする。素振りだけでなく、型稽古も行った。道場に通っていないので、腕を落とさないためにも一人稽古は欠かせなかった。

剣の稽古で流す汗は、心地よい。

と、そのとき、背後に人の気配を感じた。振り返るとお久が立っていた。何か言いたそうにしている。

顔に笑みは、ごくわずかもうかがえなかった。

「はて」

三樹之助は一瞬、叱られるようなことをしたかと考える。源兵衛ほどではないが、ついうっかりと洗い桶を板の間に持っていったり、洗濯物を干す場所を間違えたり、客と長話をするなどして、後で苦情を言われることがある。

雑事は半刻もすれば忘れてしまうから、注意をされても、そんなことがあったっけと思い出せないこともある。しかし言い返せば長くなるのは分かっていたから、黙って聞いていた。

今日もその口だと覚悟を決めたが、お久が言い出したことは、予想に反するものだった。

「折り入って、頼みたいことがあるんですよ」

考えに考えて、話しかけてきた。そういう印象だった。顔に微かな虞と躊躇《ためら》いが浮かんでいる。

「うむ。どんなことでも、いたそう」

お久の頼みならば、何でもしようと三樹之助は身構えた。

「もう知っているでしょうけど、上方から帰ってきた竹造さんなんですがね」

やはりそれかと思ったが、口には出さなかった。小さく頷いてから、次の言葉を待った。

「あの人、版木の職人としては、いい腕を持っていたんです。でも……、どこか気持ちの見えないところがあって」

いつものように、ずばずばと言いたいことを口にするのではなかった。頭の中で、もう一度考え直して、言葉を選んでいるといった気配だった。

「九年の間、上方に行っていたと言うんですけどね、その間何をしていたのか詳しくは話してくれないんですよ」

「版木を彫っていたのではないのか」

「そうは言っているんですけど、あたしには分かるんです」

お久は、俯《うつむ》き加減だった顔を上げた。

「何をだね」

「あの人の手は、ずっと鑿《のみ》を使っていた人の手じゃないんです。版木彫り職人の手は、指の皮が厚くて、タコみたいのができているはずなんです」

死んだ亭主の乙松の手がそうだった。そして九年前の竹造の手も、今とは違っていたというのである。

お久の浮かない気持ちのもとが、なんとなく見えた気がした。

「でも、だからって、あの人がいい加減に生きてきたのかどうかは分からない。だってあの人は、根っからの悪い人じゃあ、ありませんから」

自分に言い聞かせている口調にも受け取れた。

「分かった。では、何をすればよいのか」

三樹之助が言うと、お久は一呼吸ほどの間を置いてから口を開いた。

「あの人は、本郷春木町の長兵衛店《ちょうべえだな》という長屋で暮らしています。時々様子を見に行っていただければ、ありがたいのですが」

懇願といった響きが言葉にあった。

「分かった。できるだけ覗いてみよう。見てきたことは、お久さんにだけ話すとしよう」

源兵衛には頼めないことだから、自分に声をかけてきたのだ。それはよく分かっていた。力になりたいと思った。

「あの人は、前にあぶな絵に手を染めたことがあるんです。でも今は心を入れ替えて、版木を彫ると言っています。あたしは、信じたいと思っています。ただ……、悪事にのめり込みそうな弱さもあります」

三樹之助以上に、竹造の危うさを感じている。再会しても、手放しで喜べないのはそのためだ。

「何かあったら、取り返しがつかない。そうさせたくないんですよ。あの人は、亡くなった亭主の乙松が、とても可愛がっていた人ですから」

お久は、ふうと息を吐き出した。

それだけではないだろうという気持ちはあったが、三樹之助は黙って頷いた。

結局は乙松と所帯を持ったが、竹造に対しても、お久は消しようのない恋情を持っていたのではないか。だからこそ、今でも気がかりでならないのだと三樹之助は考えた。

六

昼飯を済ませた後、三樹之助は夢の湯を抜け出して、本郷春木町へ向かった。釜焚きは米吉に替わってもらった。

昨日一昨日と、竹造は夢の湯へ顔を出していない。お久は、そのことも気になっていたのかもしれなかった。

湯島切通町から、四、五丁西へ歩くと武家地に囲まれた町家が現れる。本郷春木町の一帯である。商家というよりも、小ぶりなしもた屋が目に付く家並みだった。

群れて遊ぶ、子どもの喚声《かんせい》が聞こえてきた。火《ひ》の見櫓《みやぐら》の向こうに、秋の空が広がっている。

長兵衛店は、裏長屋としては粗末なものではなかった。路地に秋海棠《しゅうかいどう》が淡紅色《たんこうしょく》の花を咲かせている。掃除も行き届いていた。

子守りをしていた婆さんに竹造の住まいを尋ねると、あれだと指差しをして教えてくれた。腰高障子は閉まっていて、人がいる気配はなかった。

「竹造の暮らしぶりは、どうかね」

三樹之助は、子守りの婆さんに問いかけた。

「どうって言われても、まだ越してきて何日もたっていませんからね。なんとも言えませんよ」

当然な答えが返ってきた。

「あの人なかなかの男前だからさ。女房たちは初め、みんな気になったんですよ。あれこれ話しかけたり、漬物や煮物を持っていってやったりして。でもさ、そっけなくてね。ろくな返事もしないし、何をやっても嬉しそうな顔一つしない。昨日今日あたりは、様子を見ているだけという感じになりましたよ」

「いつもは、仕事をしているのか」

「さあ、どうですかね。よく出かける様子ですけど」

『彫常』から仕事を貰っているはずだった。しかし江戸へ出てきたばかりならば、挨拶に出向かなくてはならない場所も、ないとはいえないだろう。

「誰か訪ねて来ることはないのか」

「それは見たことがないですね。越してきたときに、子持ちの女の人が、世話を焼いていたみたいですけど」

お久のことを言っているようだ。それ以外には、人が訪ねて来たことはないそうな。

「食事は自分で作ることもあるみたいですがね、だいたい外で済ませてきますよ。酒を飲んで、遅く帰ってくることもあります。お金に困っている感じは、まったくありませんね」

腰高障子を開けて、部屋の中をのぞいてみた。部屋の奥に夜具がたたんであって、やりかけの版木が、そのままになっている。何本かの鑿と彫った木屑《きくず》が、散らかっていた。

急用を思い出して、慌ててどこかへ出かけていった。そんな気配だった。

版木は、錦絵といった絵柄ではなかった。文字がほとんどで、仕上がったものも目に入った。

三樹之助は、表通りに出た。

鄙《ひな》びた商家が数軒あって、そのうちの一軒が居酒屋だった。店はまだ開いていなかったが、若い女中が土間の掃除をしていた。

「長兵衛店に住まうようになった者で、竹造という版木職人がいる。この店で酒を飲んだことはないか」

店に入ってそう尋ねると、女中は首を傾げた。そこでその版木職人は、歌舞伎絵から抜け出したような色男だと付け足すと、ああという顔になった。

目が輝いている。

「二度お見えになりましたね」

名は知らない。だが年や顔形《かおかたち》を伝えると、間違いなく竹造らしかった。昨夜とその二日前の晩に一人でやって来たという。

「誰かと話をすることはなくて、半刻くらい一人で飲んで、帰っていきました」

話しかける者もあったが、竹造は相手にしなかったらしい。

「でも、一人だけ絡んだ人がいるんです。話しかけたのに、知らん振りしたといって腹を立てたようです」

三十年配の体の大きな男だった。八《や》つ小路《こうじ》近くで、荷運びの人足をしている。男前が、つんと澄ましているのが、気に入らなかったらしい。

乱暴者で、腹を立てると何をしでかすか分からないところがあった。人足の日頃を知っている常連たちは、息を呑んで事の成り行きを見詰めた。

「いきなり、胸倉を摑もうとしたんです。太い腕で、普通なら身動きができなくなります。でもあの人、その手を摑んで捻ったんです。驚きましたね。あの大男が、それで動けなくなりました。顔色が青くなって」

「ほう」

「よっぽど痛かったんだと思います。しまいには、顔が歪《ゆが》みました」

竹造は、顔色も変えなかった。樽《たる》の腰掛けに、腰を落としたままだった。しばらくの間、捻ったまま動かさなかった。ようやく手を放すと、絡んだ人足の方は逃げるように店から出て行った。

「あっという間でした。どっちも帰った後で、残ったお客さんたちが言っていました。あれほどの喧嘩慣れしたやつもめずらしい」

「なるほど」

「男前なだけじゃないんですよ」

話をしている若い女中は、まんざらではない顔つきだった。

「またその話をしているのかい」

そこへ奥から、店の女房らしい中年の女が出てきた。固太りの、がっしりとした体つきをしていた。

「その男前だけどさ、あたしはついさっき、八つ小路で見かけましたよ。ちらっと見かけただけだから、違うかもしれませんけどね」

「一人だったのか」

「いえ、十八、九の娘と一緒でした。楽しそうに話していましたね」

三樹之助に言っていたが、目は若い女中に向いていた。顔に笑みを浮かべているが、目には意地悪そうな光があった。

「どんな娘だったんですか」

女中が割って入ってきた。言葉にどこか、嫉妬が混じっている。

「そりゃあきれいな人だったね。身につけているものも上物で、あれはどこかの大店の娘かなんかだね。何だかとても親しそうだった」

「ふうん。昼間っからですか」

不満な顔で、女中は言った。

「その娘が何者かは、分からなかったのだな」

これを聞いたのは、三樹之助である。この話は、三樹之助にしても思いがけないものだった。

竹造は江戸に出てきて、まだ六日ほどしかたっていないはずである。それなのに、そんな相手がいるのは、腑に落ちないことだった。

「ええ。湯島界隈で見かけた気がしますが、どこのどなたかは知りませんね」

竹造の暮らしぶりといっても、これだけでどうだと決め付けることはできない。ただ相手が大店の娘というのがしっくりこなかった。

やりかけのままの版木と散らばった鑿と木屑。留守の部屋の様子が、頭に残っている。

七

出かけていたのは、半刻にも満たない時間だった。夢の湯に戻った三樹之助は、流し板で湯汲みの仕事に入った。

目の隅に、お久の姿が見えた。外出していたことは、直《じか》には伝えていないが気づいたはずである。はてどう話したものかと、三樹之助は考えた。しかし何であれ、頼まれた以上は何も言わないわけにはいかなかった。

「今、本郷春木町へ行ってきた」

そう言うと、はっとした顔で、こちらを見上げた。男湯の側である。客は少ないが、お久の耳に口を近づけた。

「長屋にはいなかった。彫りかけた版木が、そのままになっていた。どこかへ出かけたらしい」

「どんなものを彫っていたのですか」

「文字だったな。何かは、よく分からなかった」

版木の文字は、左右が逆になっている。小さな文字とはいえなかったが、中身を読み取ることはできなかった。

お久が版木について尋ねたのはそれだけだった。どう思ったかは、口に出さなかった。ただほっとした、という顔つきではなかった。

「近所の者の話を聞く限りでは、取り立てておかしなところはなかった。ただ口数は少なくて、あまり周りの者と関わりを持たない様子だ」

「あの人は、自分から知らない人に話しかけることはしません。馴染《なじ》めば別ですが」

「今のところは、誰かが訪ねてくることはないそうだ」

居酒屋の女房が八つ小路で娘と歩いていたという話をしていたが、それについては、言うのをやめた。

竹造だと断定したわけではなかったし、お久の顔を見ていると、気軽に口に出せない気がしたのである。

お久は何か言いたそうにしていたが、女湯の方から声がかかった。

「お湯を汲んでくださいな」

「分かった。すぐに行くぞ」

伝えるべきことは伝えていたので、三樹之助は話を切った。上がり湯のための桶を持って、女湯に移った。

女湯には、十人ほどの客が入っていた。声をかけてきたのは、夢の湯の斜め向かいにある質屋大越屋の女房お滝だった。

大越屋は町一番の大身代だが、夢の湯では常連客の一人である。いつもは十九になる娘のおようと連れ立っていたが、今日は一人だけだった。

おようには縁談が進んでいるという話を、三樹之助も耳にしていた。

「それ」

きれいな上がり湯を、黒漆《くろうるし》の屋号が入った留桶に流し込んだ。手馴れたもので、もう外へこぼすことはなくなっている。

洗い板の隅では、畳職の女房が、体を洗いながら子どもを叱っていた。七歳くらいの女の子は、泣きながら湯で何度も顔を洗っていた。

畳屋の女房は、よく説教をして子どもを泣かせている。珍しい光景ではなかったので、誰も声をかけたりはしなかった。

湯屋の客はほとんどが同じ町内で、顔見知りだ。女湯の客は、男客よりも賑やかで、話し声や笑い声が、あたりに響いていた。

番台に近い板の間では、冬太郎が虫の鳴きまねをして踊っていた。しきりに手を震わせるのは、自分でも音を立てているつもりらしかった。おナツがそれを見て何か言っている。久しぶりに、笑みが浮かんでいて三樹之助は少しほっとした。

「ちょ、ちょっと。たいへんだよ」

浴槽のある石榴口から、荒物屋の若い嫁が飛び出してきた。今まで湯に浸かっていたらしくびしょ濡れの体だったが、顔色が変わっていた。

高い声で叫んでいる。

「どうしたんだ」

「お杉《すぎ》さんが、湯あたりしたらしくて、動けないでいるんだよ」

「そうか」

言いながら、三樹之助は石榴口に駆け寄った。お杉は三軒先の荒物屋の婆さんである。七十近い年齢だが、熱湯《あつゆ》好きでおまけに長湯だった。しかし湯あたりをするなどは、これまで一度もなかった。

頑固《がんこ》で元気な婆さんで、憎まれ口もよくたたいた。

上部は破風《はふ》造りの屋根型、入口には装飾用の板が胸のあたりにまで下がっているので、体を屈めなくては浴槽のある部屋に入れない。湯気が籠った中は、昼間でも暗かった。

目が慣れるのに、やや手間取った。

「ここですよ」

言われて目を向けると、裸の老婆が湯船を背にしてぐったりとしていた。湯からはどうにか自力で出たらしかったが、その後がいけなかった。

顔を近づけると、目の焦点が合っていないのが分かった。

「しっかりしろ」

三樹之助は頬を叩いた。しかし反応はなかった。

肩と足に手を回し、裸の体を抱き上げた。思いがけず軽い体だった。皺々《しわしわ》で、痩《や》せた体である。湯気のない、涼しい場所に運んでやらなくてはならなかった。

抱き上げたまま、石榴口を潜り抜けた。下りている板に額をぶつけたが、婆さんの体の方が大事だった。

「さあこっちへ」

お久が声をかけてきた。板の間に、茣蓙《ござ》を敷いていた。抱いていた体を、そっと寝かせた。

「息はしているね」

耳を口に近づけて、お久が言った。早口だが、慌てているわけではなかった。手早く体の濡れを拭いている。

「大丈夫かい」

洗い板や板の間にいた女たちが寄ってきた。娘に説教をしていた畳屋の女房もいれば、大越屋のお滝もお杉の顔を覗き込んでいた。気が気ではないという眼差しだ。

五平も番台から降りてきていた。おナツや冬太郎も、神妙な顔つきで、お杉を見詰めている。

冷水に浸して絞った手拭いを、三樹之助は額に載せた。

「こういうときは、横に寝かした方がいいんだよ」

そう言う者がいて、体を横にした。手拭いを振って、風を送る者もあった。

「ううっ」

お杉が、うめき声を漏らした。

「ああ、よかった。これならば大丈夫だよ。助かるよ」

そう言ったのは、大越屋のお滝だった。裸の女たちがどよめいた。

お杉が息を吹き返したのは、そのほんの少し後だ。

「やった」

真っ先に声を上げ、踊り出したのは冬太郎だった。

八

妾宅を出されたおろくは、根津宮永町《みやながちょう》の裏長屋に引き移った。昨日になって、川角屋の番頭だと言って卯之助という者がやって来た。年の頃は五十代前半、にこりともしない顔で、明日中に家から出て行けと告げてきたのだった。

「そんな、急に言われたってどうにもならないよ」

おろくは精いっぱい言い募ったが、卯之助は表情を変えなかった。

「主人の太左衛門は、もう戻っては来ないでしょう。場合によっては、亡くなったのかもしれませんよ。となると川角屋では、ここの家賃を払ういわれはありませんからな。そのことは大家さんにも伝えてきました。後のことは、こちらとは関わりのないことです」

問答無用ということらしかった。

「おかみさんは、あんたにはずいぶんお腹立ちのようでしたな」

そう言われた。家を出されるのは、太左衛門の女房お槙の仕業《しわざ》だと分かった。悔しかったが、どうすることもできなかった。お槙という家付き女房の薄情さと強引さについては、よく聞かされていた。

太左衛門がいなくなって、行方を調べてゆく中で、自分のことが知られたのだと推量した。いつかはこうなるだろうと感じていたから、しょうがないという気持ちもどこかにあった。

それにしても、手回しがよかった。話に聞いていた通り、心の冷たい女だと思った。昔からの知り合いに頼んで、どうにか長屋だけは確保した。必要な家財道具を午前中に運び終えたのである。

いつかは小料理屋を持ちたいという気持ちがあったから、何がしかの金は貯めていた。

でも太左衛門は、何度も寝物語に、小料理屋を出してくれると話していた。それがいきなり行方不明になって、あてが外れてしまった。どこへ行ってしまったのかと気にもなったが、己の行く末の方が差し迫った問題だった。

ぼやぼやと日を過ごせば、貯めた金は減って行くばかりである。新たな妾奉公の先を探さなくてはと、前に世話になった上野広小路の旅籠武蔵屋の主人を訪ねた。

太左衛門との話をまとめてくれたのは、この旦那だった。

「分かった。できるだけ早くに、次の相手を探してやろう」

他にも頼めるところには声をかけた。

今さら、料理屋の仲居や商家の女中になるつもりはなかった。生来の怠け者で、額に汗して働くなど考えもしなかった。金持ちの囲われ者になって、一日も早く自分の小料理屋を持つことばかり考えていた。

だからこそ、太左衛門にも尽くしたのである。尽くしているうちに、やり場のない男の気持ちが分かってきた。旦那とはいっても、しょせんは婿だ。

武蔵屋から根津宮永町へ戻る道筋で、夕暮れ時になっていた。道行く人は帰宅を急ぐのか、足早になっている。おろくは上野広小路の雑踏を抜けて、池之端仲町《いけのはたなかちょう》の表通りを歩いていたところだ。

繁華な町の近くだから、それなりに人通りはあった。武家や町人、僧侶の姿も見えた。

「あれは」

目の前を、すっと横切って一人の侍が歩いていった。年の頃四十前後の、長身の侍である。左眉の端に、一寸ほどの刀傷があった。

どこかで見た顔だと感じて、後ろ姿を見送った。そして思い出した。

「あいつじゃないか」

呟きが漏れた。太左衛門を最後に見たあの時、一緒に出て行った前園という浪人者だった。

旦那さんは自分から行方をくらませたのではない。ひょっとすると旦那さんは、あいつに殺されたのかもしれない。気持ちの中に、そういう考えが浮かんだ。

自分をほったらかしにして、どこかへ行ってしまうなどあり得ないと、どこかで思っていた。

本当に殺されてしまったのならば、自分が元の鞘に収まることはありえない。けれどもあの前園が金のために危害を加えたのならば、このまま見逃すわけにはいかない気がした。

胡散臭《うさんくさ》い面構え、荒《すさ》んだ気が全身から滲《にじ》み出ていた。

「ばかやろう、気をつけろ」

前園に気を取られていたからかもしれない。振り売りの蕎麦屋にぶつかりそうになって、怒鳴られた。初老の蕎麦売りが、怖い顔で睨みつけていた。

「ごめんなさい」

謝って前園の姿に目をやると、その後ろ姿は、落ちてゆく西日の方向に、足早に去って行くところだった。

おろくは、そのあとを慌ててつけていった。

前園は、巧みに人をかき分けて歩いてゆく。同行している者はいなかった。ぼやぼやしていると見失ってしまいそうで、ときおり小走りになった。

湯島天神裏手の、坂道を登ってゆく。麟祥院《りんしょういん》という寺が右手に現れ、さらに進むと広大な大名屋敷の白壁が姿を見せた。

加賀前田家の上屋敷だった。どこへ行くつもりなのか、見当もつかない。足取りが緩む気配はまったくなかった。ここまで来ると、行き交う人の姿もまばらになっている。

前田家の屋敷を過ぎると、本郷の通りに出た。これを横切り、さらに西に進んでゆく。

気がつくと水戸徳川家《みととくがわけ》上屋敷の裏手に出ていた。朱色を増した夕日が、真正面に見える。

「いったい、どこへ行くのだろう」

おろくは呟いた。時には小走りになりながら、足早に歩いている。少し息を切らしていた。いつの間にか薄闇に覆《おお》われ、人気のない道になった。

心細さも募っていた。

けれども、ここで引き下がってしまう気持ちにはならなかった。行きつく先には、ひょっとして太左衛門がいるかもしれない。もしいるならば、どうして姿を隠したのか聞きたかった。また住まいを追い出された自分の苦境を、訴えたかった。殺されたのかもしれないという思いと、いやどこかで生きているのかもしれないという考えが、交錯《こうさく》していた。

前園が立ち止まった場所は、伝通院を通り越し、武家地をさらに進んだ小日向清水《こびなたしみず》谷町《だにちょう》の一角だった。田舎じみた町で、疎《まば》らに民家が建っていた。周囲にあるのは寺と武家屋敷である。

おろくは樹木の陰に身を隠した。前園はちらとあたりを見回してから、木戸門の中に入っていった。

すでに日は西空に沈みかけていて、周囲はだいぶ暗くなっていた。虫の音は聞こえてきていたが、人の姿はどこにも見かけなかった。

恐る恐る、前園が入っていった木戸門の前に立った。

敷地が二百坪ほどの古屋敷だったが、人が住んでいる気配はなかった。玄関先には落ち葉が溜まり、庭先には雑草が茂っている。前園の姿はすでになく、建物の中に入ったものと思われた。

木戸門を引くと、閂はかかっていなかった。おろくは吸い込まれるように、中へ入った。

足音を忍ばせて、建物に近づいた。

虫の音が聞こえるだけで、物音や話し声は聞こえない。玄関先から庭へ出て、閉まった雨戸の前に出た。戸に耳を近づけると、中から話し声が聞こえた。小さな隙間があって、そこに目をやった。

微かな明かりが、中に見えた。前園の他に、男が二人いた。一人は背を向けているので、顔などは分からなかったが、もう一人は商人らしい四十前後の年齢の男だった。したたかな悪党といった気配である。

心の臓が、どくどくと鳴っていた。おろくはその音が、男たちに聞こえてしまうのではないかと怯えた。

話し声は聞き取れないが、何かの悪企みをしているのだと感じた。

自分一人では、どうすることもできない。頭に浮かんだのは、先日訪ねてきた源兵衛という岡っ引きだった。湯島切通町の湯屋が住まいだと言っていた。

「あの親分に、知らせよう」

胸の中で呟いた。腹が決まって、おろくは玄関先へ戻った。急がなくてはならない。

木戸門に手を触れようとしたとき、すっとそれが開いた。

「きゃっ」

覚えず、小さな悲鳴を上げてしまった。目の前に錐《きり》のように鋭い眼差しをした小柄な男が立っていた。

「おめえ、何をしにここへ来た」

ぞくっとするほど酷薄な響きの声だった。

おろくは声も出ず、一歩二歩と後ずさった。逃げ出したかったが、敷地の中ではどうすることもできなかった。

背後に足音が聞こえた。建物の中から、人が出てきた気配だった。

「どうした。この女は、なんだ」

肩を摑まれ、振り向かされた。乱暴な扱いである。肩を摑んだのは、薄明かりの中で見た商人ふうだった。

おろくは、四人の男に囲まれた。もう身動きさえもできなかった。

「おれたちの話を、聞いたな」

商人ふうが、低い声で言った。震えが出るほど、凄味のある声に聞こえた。向けてくる眼差しが、ぞくりとするくらい冷ややかだ。

「この女、どこかで見たことがあるぞ」

そう言ったのは、前園だった。顎《あご》を掴まれた。

「こりゃあ、川角屋の女じゃねえか」

「な、なんだと。おお、確かにそうだ。だがそうなると、このままにはできねえな」

商人ふうが、呟いた。

「よし。始末しよう」

そう口にしたのは、木戸口にいた小柄な男だった。振り向かされた。男は懐から匕首を抜き出していた。

「や、やめてっ」

かすれた声が出たが、それだけだった。冷たい感触が胸にあって、そのまま気が遠くなった。

第三章　惹かれる心

一

おナツも冬太郎も、朝からそわそわしていた。

「今日はね、道灌山に虫聞きに行くんだよ」

虫の鳴きまねをしながら、冬太郎は馴染みの客が現れるとそう言っていた。チンチロチン、フヒョロフヒョロと、鳴き声は一つではない。

外で鳴き始めると、耳を澄ませて聞き入っている。

「ほう、なかなか風流だな」

そう言われると、顔をくしゃくしゃにして喜んだ。

初の泊まりがけである。早朝から、目を覚ましていた。下着の替えと手拭いを、お久は風呂敷に包んでくれた。

「あたしは、志保さまと並んで寝るからね」

「おいらもだい」

姉弟が言い合っている。三樹之助は、なんとも居心地の悪い思いで、話を聞いていた。

志保にはこれまで、事件の探索でずいぶんと世話になった。お半には、指の骨を折るという怪我をさせたこともあった。まだ借りを返せない状態なので、頭が上がらない。

ひと頃と比べて、志保を避ける気持ちは減ってきたが、煙たい存在であることは確かだった。

一緒にいると、いつもハラハラさせられる。どうなることかと気がもめて、おナツや冬太郎のように、楽しみにする気持ちにはとうていなれなかった。

昼飯を食べた後、しばらくの間、三樹之助は釜焚きをやっていた。金を出して買った薪を燃やすだけでなく、集めてきた古材木や切れ端の木も投げ込んだ。そうこうしていると、おナツと冬太郎が釜場へ駆けて来た。

「志保さまたちが、迎えに来たよ」

はしゃいだ声で、冬太郎が言った。姉弟は店から外へ出て、通りで二人を待っていたのである。

麹町《こうじまち》にある酒井屋敷から道灌山へ行くのに、湯島の夢の湯へ寄るのは遠回りではなかった。そこで二人は、迎えがてら立ち寄ることになっていた。

志保は家禄二千石の大身旗本の姫なのだから、普通ならば供侍を従えた駕籠に乗る。しかし夢の湯へ来るとき、初めの頃はともかく最近では徒歩で来るようになった。供もお半だけである。

今日の迎えも、供侍は従えていなかった。

「そうか。ならば参ろうか」

「うん」

姉弟はニコニコしている。三樹之助は衣服を着替え、腰に二刀を差し込んだ。

夢の湯の前で、志保は子どもたちが出てくるのを待っていた。三樹之助とも目が合った。黙礼をすると、小さく返した。何かを言うわけではなかった。

「お世話になりますが、どうぞよろしくお願いいたします」

お久が、志保に頭を下げた。土産に持っていってくれと、三樹之助は梨を託されていた。

「道灌山には、虫がいっぱいいるんだね」

冬太郎が、志保に話しかけている。初めは知らなかったが、湯客に道灌山は虫聞きの名所だと聞かされた。特別にきれいな鳴き声の虫がいると、考えているらしかった。

志保を囲んで、おナツと冬太郎が両脇を歩いてゆく。その後ろに、三樹之助とお半が並んでついてゆく形になった。

笊に盛った梨を持っている三樹之助は、奉公人といった按配に見える。そういう扱いを不満に思ったことはあるが、今は慣れた。

「虫聞きも、ちょうどよいころでしょうな。たくさんの音色を聞くことができますぞ」

お半が、上機嫌に言った。

「道灌山は、さぞや人出が多いのであろう」

「そうでございますな。しかしお屋敷の中は、人が入りませぬゆえ、ゆっくりしていただけますぞ」

おやっと、三樹之助は思った。お半の三樹之助への口ぶりが、前よりもだいぶ穏やかになっている。時には命令口調だとさえ感じたのだが、ずいぶん変わっていた。

不気味な思いがした。

志保と出会ったのは、本来は大曽根家の次男坊だった三樹之助との間に、縁談が持ち上がったからだ。実家の大曽根家は家禄七百石で、父親の左近《さこん》は御納戸頭《おなんどがしら》を務めていた。

入り婿の口としては、またとない御大身なのである。

志保の父酒井織部《おりべ》は、役高三千石の御小普請支配《おこぶしんしはい》という役に就《つ》いていた。徳川四天王の一人といわれた酒井忠次《ただつぐ》の孫忠勝《ただかつ》を祖に持つ家柄であった。幕閣の中心に、多数の親類縁者があった。

何事もなければ、手の届かない高嶺《たかね》の花だったが、志保は初婚ではなかった。一つ年上である。すでに一度婿取りをして、離縁となっていた。

子はなく、婿は傲慢《ごうまん》な家付き娘と性格の悪い姿やによって、いびり出されたと聞いている。

初めて会ったときは、とんでもない高慢な口ぶりだった。嘲《あざけ》るような物言いさえした。しかし父や一族は、この縁談を何としても進めたがった。三樹之助は意を決し、本所の大曽根屋敷から逃げ出した。そして岡っ引きの源兵衛に拾われて、この夢の湯へやってきた。

ただ三樹之助にしてみると、志保が高慢だというだけで縁談を拒否し、屋敷から逃げ出したわけではなかった。

三樹之助には三歳年下の美乃里《みのり》という許嫁《いいなずけ》がいた。家禄二百俵の袴田家《はかまだけ》の跡取り娘である。

入り婿という気持ちはなかった。好いて好かれる仲だった。

掛け替えのない娘と祝言を挙げるという弾んだ気持ちがあったが、美乃里は自害してしまった。去年の十二月のことだ。

五千石の大身旗本小笠原監物《おがさわらけんもつ》の嫡男正親《まさちか》に、おもちゃにされた。抵抗を試みたが、どうにもならなかった。美乃里は三樹之助に申し訳ないと、自ら命を絶つことを選んだ。

小笠原正親は、狡猾《こうかつ》な男だった。この一件が世間に広まらぬようにと、袴田家の当主を三百俵高の日光奉行支配組頭《にっこうぶぎょうしはいくみがしら》という役に就けて、江戸から追い払ってしまったのである。

形としては加増だった。

そして許嫁を失った三樹之助にも、餌《えさ》をたらしてきた。それが酒井家への婿入り話だった。小笠原家と酒井家は、近しい縁戚関係にあった。

父左近は、この事実を承知の上で縁談を進めようとした。

自害した美乃里の心を思えば、この話を受け入れることはできなかった。また大家《たいけ》におもねる父の弱腰も不満だった。

いつか小笠原正親には、己がしたことの償《つぐな》いをさせてやるぞと三樹之助は考えている。

ただ志保は、正親がしたことについては知らない気配だった。そのことに触れたことは、一度もない。

小笠原家の厚意による口利きだと、受け取っているようだった。

上野と王子《おうじ》との間にある高台からは、隅田川《すみだがわ》越しに筑波山《つくばさん》がよく見渡された。風光《ふうこう》明媚《めいび》な場所で、季節を問わず行楽に訪れる人は多い。この高台を道灌山と江戸の人々は呼んでいた。

太田《おおた》道灌がここに出城を作ったとか、中世の土豪《どごう》関道閑《せきどうかん》の屋敷があったとかいわれているが、はっきりしたことは分からない。

五人で道灌山の東の崖《がけ》に立つと、一面に町や集落、田圃《たんぼ》が広がった。稲はすでに刈り取られている。

「わあ、広いね」

おナツが歓声を上げた。

「虫の声も、聞こえるよ」

冬太郎が、耳を澄ませた。

「屋敷の庭からも、たくさん聞くことができますよ」

志保が、子どもたちに言った。毎度のことだが、三樹之助とは初めに黙礼を交わしただけでまだ面と向かって話をしていなかった。

扱いとしては奉公人並みだったが、お半が横で言った。

「志保さまも、とても楽しみにしていらっしゃいました」

「そうか」

何を楽しみにしていたというのか。虫の音を聞くことか、おナツや冬太郎と過ごすことか。まさか自分と別邸にやって来ることではなかろうと、三樹之助は勝手にそう考えた。

酒井家の別邸は、敷地二千坪ほどに瀟洒《しょうしゃ》な建物がしつらえられていた。留守居役《るすいやく》らしい侍と、女中が玄関式台で出迎えた。

「さあ、お上がりなされよ」

志保はここで初めて、三樹之助に声をかけた。命令口調ではなかったが、優しい響きでもなかった。

「わあっ」

おナツと冬太郎は、初めてのお屋敷に興奮の声を上げたが、履物はきちんと脱いだ。お久に言い聞かせられていたのである。

塵《ちり》ひとつない廊下を歩いてゆくと、手入れのいい庭が望まれた。茶室があって、池には錦鯉《にしきごい》が泳いでいる。静かで物音もしない。隣は大名家の抱え屋敷ということだった。

まだ庭は明るい。奥の部屋で、茶菓《さか》が出されて一休みとなった。

「練羊羹《ねりようかん》だね」

おナツが生唾を呑み込んだ。夢の湯にいては、めったに食べられない高価な菓子だった。

ちゃんと三樹之助の分もあった。

浅草寺へ皆で出かけたとき、茶店で饅頭を食べた。そのときは、女子ども四人分だけで、三樹之助のものはなかった。不貞腐れながら自分の分を注文したことを思い出した。

羊羹を運んできたのは、お半である。いつもつんけんとした居丈高《いたけだか》な物言いをしたが、今日は出会ったときからそれがなかった。

夕暮れ時になると、虫が鳴き始めた。静かなので、よく響いた。

「一つじゃないね。いろいろな声が交ざっているね。リーンリーン、は鈴虫。チンチロチンは松虫だね」

縁側に出て、冬太郎が言った。

「よく知っていますね。チンチロチンと鳴いているのは松虫。フヒョロフヒョロは邯鄲ですよ」

志保が、笑みを浮かべて相手をしている。その場面だけ見ていると、いかにも穏やかで慈愛のこもった女に見えた。

お半もにこやかにしている。

三樹之助にとっては、珍しい光景を見る気がした。女とは、いったいどういう生き物なのか。どうもよく分からない。

「スイッチョン、スイッチョンは馬追いだね。あっ、チンチンっていうのも聞こえるね。あれは鉦叩《かねたた》きだ」

おナツも、声を上げている。久しぶりに、のんびりとしたときを過ごした三樹之助だった。

二

三樹之助らが道灌山の酒井家別邸に向かった頃、源兵衛は前園が出入りしていた籠原道場や住んでいた長屋のある上野南大門町の一帯を、再度洗っていた。川角屋太左衛門の行方は、どこをどう聞き歩いても何の手掛かりも得られなかった。

そうなると前園の暮らしぶりを探るしか、他にできることはない。

すでに道場主の籠原や長屋の住人、出入りをしていた居酒屋の女房や女中からは話を聞いている。そこでこれまでに聞き取りをしていない、道場の門弟や居酒屋の常連客といった者にまで範囲を広げた。

「八月になってからは、どこかで見かけることもありませぬな。江戸を出たのではなかろうか」

そう言う者も、籠原道場の門弟には少なくなかった。何がしかの金を稼いで、逃げ出したという含みが、言葉尻にあった。金に汚いという印象は、尋ねた者のほとんどが持っていた。

「ときおり稽古の相手をさせられるのだがな、遣《や》り口《くち》が手荒でな、ほとんどの者が嫌がった」

　姿が見えなくなって、せいせいしていると言う者もあった。

「あやつの得意は、喧嘩剣法だ。諸国を巡る旅の中で、いろいろな修羅場を潜ったのであろうな」

　なるべく付き合わないようにしていた者がほとんどで、どこか潜んでいそうな場所を知る者はいなかった。道場主の籠原とは同門だというが、日々の暮らしの中で、剣筋は大きく違ったようだ。

「ええ、左眉に刀傷のある侍ならば、行きつけの居酒屋で何度か顔を見かけましたよ。たいていは一人で飲んでいましたね」

　居酒屋の客の一人である。誰かと喋っている姿は、見かけなかったという。

「なんだか、おっかない感じでね」

　豆腐屋の親仁《おやじ》は、七月の終わり頃に、表通りで前園を見かけた。犬に吠えられたというのである。かなり大きな犬で、綱を持った商家の小僧ふうは引きずられていた。

　前を歩いていたのが、前園だった。

　犬は「わん」と吠えた。飛びかかろうという気配ではなかった。たまたま前にいたので、声を上げたのである。

だが前園はそれが気に入らなかったらしかった。犬を睨みつけた。そしてもう一度
「わん」と鳴いたときには、刀を抜いていた。

「あっという間でしたね。犬が血を噴いて倒れました。一振りしただけです。声も上げませんでした」

綱を引いていた小僧は呆然《ぼうぜん》としていた。前園はその小僧の身につけている衣服で血刀を拭いて腰に戻し、歩き去ったのだった。

「何をするか、分からないご浪人だと思いましたね」

話を聞くことで、前園という浪人者の人となりは伝わってきたが、行方を知る手掛かりは得られなかった。

源兵衛は聞き込みをしているうちに、神田川に架かる筋違橋《すじかいばし》の北袂《きたたもと》に出ていた。南袂の八つ小路と同じように広場になっていて、屋台店などが出ている。たくさんの人の姿があった。

夕暮れ時にはまだ間のある刻限である。

「おや」

人混みの中に、見覚えのある男の顔が目に入って立ち止まった。

見た目二十五、六にしか見えない、きりりとして整った男前である。若い娘と一緒

だった。二人は笑みを浮かべて話をしながら歩いている。筋違橋を南に渡っていこうとしていた。

男は竹造で、娘の顔にも見覚えがあった。夢の湯の斜め前にある質屋大越屋のおようである。

二人の様子から、かなり親しい間柄だとうかがえた。

「あの野郎」

源兵衛は二人を見送りながら、苦々しい顔で呟いた。

「江戸へ戻ったからには、性根を入れ替えて仕事をしやす。常蔵親方に詫びを入れられるよう、口利きをしてはもらえねえでしょうか」

そう言って夢の湯に現れたのは、八朔の日のことだった。川角屋の一件で外出していた源兵衛は会わなかった。お久が応対したのである。顔を見たのは、翌日のことだった。

源兵衛と常蔵とは、二十年来の昵懇の間柄である。口利きは、難しいことではない。ただ、あれからまだ十日もたっていないというのに、娘と明るいうちから遊んでいやがる。竹造の姿を見て、そう受け取ったのだった。

しかも相手は、縁談が進んでいる大越屋のおようである。このことも、気に入らなかった。

「そういう娘を引っ張り出して、どうしようってつもりなんだ」

竹造はもともと役者絵から抜け出てきたような、いい男だった。素人娘だけでなく、後家や芸者衆、はては表通りの女房までが色目を使う。

だが『彫常』にいた頃は、いつも傍に兄貴分の乙松がいた。竹造も乙松を慕っていたから、「脇目をふるんじゃねえ、腕を磨きな」という言葉を真に受けて、版木彫りの仕事に身を入れていた。

しかも竹造には、好いた娘がいたのである。相手はお久で、源兵衛はそのことに気づいていた。お久も竹造に気があることは、打ち明けられたわけではなかったが分かっていた。

ちゃんと修業を済ませ、礼奉公も終えた一人前の版木職人になったら、二人に所帯を持たせてもいいと考えた。しかしそのとき、乙松もお久に心を寄せていることを源兵衛は知った。

乙松は堅実な男で、すでに一人前の版木職人になっていた。

もし同じ時期に乙松と竹造が職人としての修業を始めていたら、感性の鋭さがあり繊細な表現をすることができた竹造の方が、腕を上げていたかもしれなかった。

けれども竹造の暮らしぶりや物言いには、どこかに慢心と脆さが潜んでいた。源兵衛の嗅覚がそう告げていたのである。

この危惧《きぐ》は、さして間を置かないうちに現実となった。竹造は密かに、あぶな絵に手を染めていたのである。

事実を知った源兵衛は、すぐさま常蔵に伝えた。放っておけば、ご禁制に手を染めた者として、重い処罰を受けることになる。その前に竹造を、江戸から出そうと考えたのだった。

その日のうちに路銀を持たせ、江戸から出立させた。十手を預かる岡っ引きとしては、正しい行為と言えないのは承知の上だった。竹造を守ってやろうという気持ちがあった。

それは裏を返せば、お久を厄難《やくなん》から遠ざけたい気持ちに繋がっていた。

竹造の出奔《しゅっぽん》を知ったお久は悲しんだ。しかし源兵衛は父親として、これでよかったのだと考えた。

乙松との祝言を、源兵衛は強引に進めた。

結果的には、お久は乙松と所帯を持って、おナツと冬太郎の二人の子どもを産んだ。夫婦の間にも、細やかな情愛が育ったかに見えたが、出発点ではお久の胸に悲しみがあった。

お久は口に出しては言わないが、竹造を江戸から出したのは源兵衛だと知っていた。他に救う手立てがなかったのだから仕方ないことだが、すっきりと納得したわけではないらしかった。

父娘の関係に微妙な齟齬《そご》が生じるようになったのは、それからである。

竹造とおようの姿が筋違橋を渡って、人混みの中に消えた。見送った源兵衛は、明神下同朋町の『彫常』を訪ねてみることにした。

前園の探索もそのままにはできないが、こちらも捨てては置けない気がしたのである。

九年ぶりに江戸へ戻ってきた竹造は、何をしようとしているのか。あぶな絵に関わる一件は、すでにほとぼりが冷めたといっていい。それだけの歳月がたっている。江戸でまともに働こうというのならば、力になってやるのは嫌なことでもなんでもなかった。しかし再会した竹造を見て、危なっかしさを感じたのは事実だった。

そしてたった今、仕事もしないで、縁談の決まりかけた物持ちの娘と楽しそうに歩いている姿を認めたのであった。

「おう、源兵衛さんか」

常蔵は、仕事着についた木屑を払いながら、仕事場の奥から出てきた。都合七人の職人が錦絵やら文字やらの版木を彫っていた。数人の小僧が、その手伝い仕事をしている。

「竹造については、世話になったな」

源兵衛は、先日常蔵が下請け仕事を竹造に与えてくれたことに礼を言った。

「まあ、あいつはおれにとっても、昔は弟子だったわけだからな」

長年鑿を握っている常蔵の指や掌は、皮が厚くなって、見るからに硬そうだった。太い指先で、面長の頬を掻きながら言った。

顔馴染みの女房が、茶を運んできてくれた。二人でまずそれを啜った。

「それで、竹造の版木の腕は、どんなところかね」

源兵衛は一番気になっていたことを尋ねた。上方でも版木を彫っていたと言っていたが、地道にやっていたのならば、それなりの技術が身についているはずだった。

「どうもこうも、ねえな。ありゃあ」

投げやりな返事だった。常蔵は手に持っていた湯飲み茶碗を、乱暴に置いた。

「ひでえってことだな」

「まあな。とりあえず文字を彫らせてみたが、まともな仕事をしていたら、あそこまで腕は落ちねえだろうな」

そう言われて、源兵衛には返す言葉がなかった。

「あいつは上方で、何をしていやがったんだ」

常蔵の疑問は、源兵衛の疑問でもあった。

三

源兵衛が夢の湯に戻ると、男湯の隅で川角屋の小僧が帰りを待っていた。夕刻からは三樹之助が子どもを連れて出かけるので、早く帰って来いとお久に念押しをされていたのである。

しかしまた夢の湯から出かけなければならない用事が、起こっていた。

「兎屋の八十兵衛と定吉という男がやって来ました。親分さんにも、話の様子を聞いていただきたいという話でした」

小僧は、川角屋の女房お槙や番頭卯之助に命じられて、駆けつけてきたのだった。

ほんの今しがたのことで、長いときがたっているわけではなさそうだった。

「分かった。早速行こうじゃねえか」

脱いだばかりの草履を、また履いて上野広小路に向かった。お久は不満そうだったが、気がつかない振りをした。

いつもならば、容赦ない文句が飛んでくる。しかし今はそれがなかった。

「あいつが来てからだな」

いちいち何かを言われないのは面倒がないが、せいせいとするわけではない。やはりお久のことが気にかかった。

川角屋の申し出は、何かをしてくれというのではなかった。

ただ八十兵衛という男は、得体の知れないところがあった。どういう出方をしてくるか分からない。隣室で話を聞いていてもらい、何かあったら、顔出しをしてほしいとの頼みだった。

源兵衛は裏口から、川角屋の建物に入った。襖《ふすま》を隔てた隣の部屋に、足音を立てずに入り込んだ。

八十兵衛と定吉の応対をしているのは、お槙と卯之助である。話し声が聞こえた。

「そういうわけでございますからな、この証文はどこへ出しても通るものです。このままでは利息が重なって、そちら様のご負担が増えるだけではないでしょうかね」

慇懃《いんぎん》といってもいいくらい、丁寧な言い方だった。しかし梃子《てこ》でも動かないぞという、しぶとさも含まれていた。

「確かに、証文の署名は主人のものですが、行方がいまだに知れません。五十両がどのように使われたのか、納得がいかぬのでございますよ」

そう言ったのは、卯之助だった。これはお槙の本心でもある。

「なるほど、そのお気持ちは分かります。ですがそれは、そちら様のご事情でございますからな。私どもでは、いつまでもそのままにというわけにはまいりません」

八十兵衛は、引かない。

お槙と卯之助は、返答をしなかった。すると身じろぎする音が聞こえた。

「おい、てえげえにしてもらおうじゃねえか。いつまでもぐずぐずと。証文は証文なんだぜ」

そう言ったのは、定吉である。いよいよ本性を現してきたらしかった。

「まあまあ、そういきり立っちゃいけない。それでは話し合いになりませんよ」

定吉を宥《なだ》めたのは、八十兵衛だった。役割が決まっているらしい。八十兵衛はそのまま続けた。

「ですがね、私どもも子どものお使いに来たわけではありませんからな。いただくものはいただかなくては、ならないのですよ。どうしてもお払いいただけないというならば、仕方がない。このことを広く世間の皆さんにお知らせしなくてはなりませんな」

「読売に、載せようというわけですか」

「はい。そうなると、太左衛門さんが囲っていた、おろくさんのことも書かなくてはなりませぬな。そうそう、そのおろくさんを根津の家から追い出したそうですな」

言い終わらぬうちに、はっと息を吸い込む音が聞こえた。卯之助のものだと思われた。否定はしない。事実なのだろう。

これは源兵衛も知らないことだった。八十兵衛は、地獄耳をもっているのかもしれなかった。

「困りましたな」

身の内の動揺が、言葉に表れていた。

「虐《しいた》げられていた入り婿の主人は、実は女を囲っていた。嫉妬に狂った家付き女房は、慌てて女を妾宅から追い出した。こりゃあ、おもしれえ読売ができますぜ。さだめし売れることでしょうな」

定吉が、小ばかにした口調で言った。

「あなたたちという人は……」

それまで黙っていたお槙が、声を出した。怒りのこもった声である。気位の高い女で、こういう言われ方をしたのは初めてに違いなかった。

相手は、したたかな連中だった。

「お金は、払いましょう。証文をおいて、さっさと帰るがいい」

そう言って、お槙は襖を開けた。部屋を出て行ったのである。襖一つ隔てて聞き耳をたてていた源兵衛が、身を隠す暇はなかった。

「おや、これは親分さん」

部屋のこちら側にいた源兵衛に、八十兵衛が声をかけた。慌てる気配はまったくなかった。何事もないという顔で、こちらを見ていた。

「では、お金の用意をいたしましょう」

卯之助も立ち上がった。川角屋には、五、六十両の金は、いつでもあるらしかった。さすがに老舗だった。

源兵衛を見ても、八十兵衛が怯まないのは、証文が確かなものだからに他ならない。払わせるための脅しは行ったが、借金とは関わりのない金を強請り取ろうとしたわけではなかった。

卯之助も、商人である。そこらへんのことは心得ているらしかった。もちろん源兵衛も、口出しはしなかった。ただ一言だけ、口添えをした。

「証文を受け取るだけでなく、金の受け取りも貰っておいた方がよいでしょうな」

「そうですね。それはいただきましょう」

卯之助も応じた。これ以上の請求を、させないためである。

八十兵衛と定吉が引き上げたところで、お槙は吐き捨てるように小僧に言った。

「本当に、無礼な人たちだったね。塩を撒いておやり」

小僧は台所へ行って塩壺《しおつぼ》を持ち出し、店先に撒きに行った。

「これで、すべて終わりです。親分さんには、ずいぶんお世話になりました」

お槙は、源兵衛に挨拶をした。目の前で五匁銀を何枚か摑んで紙に包み、それを差し出した。

「まだ、終わっちゃあいねえ。太左衛門さんの行方は、まったく知れねえままですからね」

源兵衛は紙包みにちらと目をやったが、手を出すことはしなかった。

「いえ、もういいんですよ。あの人は、五十両を持ってどこかへ行った。その先のことは、もう関わりたくもないんです。川角屋は、あの人が残した証文の金を、耳を揃えて払ったんですから」

「行った先が、あの世でもですかい」

太左衛門が、八十兵衛らに殺された公算も、なくはないと感じている。八十兵衛に金を払っておしまいだとは、源兵衛は考えていない。

「どこでもかまいませんよ。線香を上げてほしいならば、おろくとかいう女に上げさせればいいんです」

これ以上、話す気持ちはないということかもしれない。お槙は、二階の部屋に上がっていってしまった。

「相済みません。そういうことでございます」

卯之助が、残された金の包みを押し出した。

「そうかい、分かったぜ。ならばこれからは、勝手にやらせてもらうことにしようじゃねえか」

源兵衛はそう言って立ち上がった。

金の包みには、目もくれなかった。

四

「リーリーリ、スイッチョン、スイッチョン」

冬太郎が、板の間で虫の鳴きまねをしながら飛び跳ねていた。

「自然薯《じねんじょ》の田楽がね、とってもおいしかった。たくさん食べたよ」

おナツが、興奮気味に客と話していた。自然薯は土地のもので、串《くし》に刺して焼き、甘味噌《あまみそ》をつけたものである。きんとんや玉子焼きも出た。

夕餉《ゆうげ》の膳は、志保と三樹之助、それにおナツと冬太郎の四人で食べた。姉弟は自然薯の田楽がよほど気に入ったらしく、お代わりをした。

志保は、自ら三樹之助に声掛けをしてくることはなかった。しかしいない者として扱っているのでもなかった。三樹之助には、酒の用意がしてあった。志保の指図だ。

お半は、夕食を別の場所でとった。外で食べるときは一緒だったが、屋敷内ではあくまでも奉公人という態度を貫いた。三樹之助に対しても、主家の客という扱いだった。

おナツと冬太郎は、希望通り志保と同じ部屋で寝た。朝から気が昂《たかぶ》っていたからか、寝つきはよかったらしい。だが目覚めるのも早かった。

まだ寝ている三樹之助の部屋へやって来た。

「志保さまの体はさ、すごくいいにおいがするね」

冬太郎はそんなことを言った。

一晩酒井家の別邸で過ごしたわけだったが、三樹之助が志保と二人だけになることはなかった。まともに話をする機会もないままに、別邸を後にした。

これまで何度か出かけたが、いつもそうだった。これでいいと、三樹之助は思っている。心の中には、美乃里が生きていた。

いずれにしても、おナツと冬太郎が喜んだのは、何よりだった。はしゃいでいる姉弟の姿を見るのは、三樹之助にとっても楽しいことだった。

朝餉《あさげ》を馳走《ちそう》になってから、三人で夢の湯に戻ってきた。

湯汲みをしていると、源兵衛が傍へやって来た。孫が世話になった礼を言った後で、留守にしていた間の川角屋の出来事について聞かされた。

「お槙という女房は、ずいぶんな女だな。一事が万事そうならば、亭主がよそに女を作ってもしかたがないな」

三樹之助は腹に思ったことを口にした。

「まあ、夫婦のことは、他人には分かりませんがね」

源兵衛はそう言ってから、本題に入った。

「手掛かりがない以上、このままではどうにもなりやせん。そこであっしは、前園の似顔絵を作ろうと思いやす」

「うむ。それはよいかもしれぬな」

「そこで三樹之助さんには、太左衛門さんに囲われていたおろくの行方を、捜してもらいてえんですよ」

源兵衛は昨日、川角屋でおろくが根津の妾宅を出されたことを知った。似顔絵を作るにはおろくの証言も必要だと考えて、今朝になって絵師を伴って、移った先の根津宮永町の裏長屋へ行ったという。転居した先は、町の自身番《じしんばん》で尋ねてすぐに分かったが、留守だった。

「近所の住人に聞いてみたら、一昨日昼間に出かけたきり、戻らねえっていうんですよ」

「なるほど、気になるな」

嫌な予感がした。

「どこへ出かけたのかは、近所の者は知りやせん。なんせ二日前に越してきたばかりですからね」

「すると、そこから調べなくてはならないな」

昨日も午後から夢の湯を出ているので、外へ出るのは気が引けたが、源兵衛の話を聞いていると、そのままにはできない気がした。

番頭の五平に頭を下げて、出させてもらった。

「はて、どこへ行ったものか」

おろくの外出先など、三樹之助には見当もつかない。だがそこで、一人の人物の顔が浮かんだ。

太左衛門がおろくを囲うに当たって口利きをした、上野広小路の旅籠武蔵屋の主人である。

入り婿同士で、太左衛門とは親しかったと聞いている。おろくのことも、何か知っているのではないかと考えたのだった。

「あなた様は、源兵衛さんとご一緒においでになった、お武家様でございますな」

武蔵屋の主人は、三樹之助を見てそう言った。

「早速だが、おろくという女の行方を捜している。存じてはおらぬか」

たいしてあてにはしていなかった。無駄足になることを覚悟してやって来たのである。ところが、返ってきた答えは思いがけないものだった。

「おろくならば、一昨日ここへ訪ねてきましたよ」

「な、なんと」

「根津の家を出されたとかで、新しい奉公先を探してほしいという話でしたな」

行方知れずの太左衛門からは、手当を貰うことができない。妾宅を出されて、ぶらぶらしているわけにはいかぬということで、頼ってきたのだった。

「あの者も、食っていかねばなりますまい」

「さようでございますな」

訪ねてきたのは、夕暮れ時だったとか。用件だけ口にすると、帰っていった。

「では、宮永町の長屋へ戻ったのだな」

「はい、そう話していましたね」

上野広小路の武蔵屋から、根津宮永町の長屋へ戻るまでの間に、何かがあったことになる。

おろくは、新たな妾奉公の先を探していた。勝手に姿を消してしまうとは、考えられなかった。

三樹之助は、武蔵屋からおろくが歩いたとおぼしい道を歩き始めた。宮永町へ行くには、池之端仲町をへて、不忍池の西岸を北へ向かうのが順当な道筋である。女の足でも、四半刻もあれば帰り着く距離だった。

上野広小路界隈は、一日中人で賑わっている。何かが起これば騒ぎになるはずだが、武蔵屋の主人は、いつもと何の変わりもなかったと話していた。

池之端仲町に入ると、人気はぐんと少なくなる。けれども皆無になってしまうことはなかった。通りかかった浅蜊の振り売り、古着屋の小僧、荒物屋の女房などに声をかけ、おろくの姿形を話して尋ねたが、それらしい女を覚えている気配はなかった。

「通ったかもしれませんけど、二十二、三の小ぎれいな女なんて、いくらでもいますからね」

そう言われると、返答のしようがなかった。

手掛かりを得られないまま、宮永町まで辿り着いてしまった。ここでも何人かの者に声をかけたが、そもそもおろくは、町に越してきて間のない新参者だった。顔を知っている者の方が珍しかった。

やむなく三樹之助は、もう一度来た道を戻ることにした。

折から昼飯時になっていた。池之端仲町の通りで、屋台の蕎麦屋が商いをしているのに目を留めた。客が二人、蕎麦を啜っている。

「親仁、おれにもかけ蕎麦をくれ」

一杯注文した。

待つほどもなく、湯気を上げた丼が差し出された。受け取った三樹之助は、さっそく食べ始めた。

「それにしても、一昨日は参りましたよ。そのぶつかりかけた女のお陰で、出汁をだいぶこぼしちまった。商売物だっていうのに」

「女は、そのまま行っちまったっていうわけだな」

初老の蕎麦屋の親仁と行商人ふうの客が話していた。

「そうですよ。年の頃は二十二、三。垢抜《あかぬ》けた囲われ者みたいな女でしたけどね」

この話を聞いて、三樹之助の箸が止まった。

「それは、一昨日のいつ頃の話だ」

「夕方ですよ。とんでもねえ、話でさあ」

体つきや顔つきを聞いてみた。やや浅黒いが整った目鼻立ち、難をいえば低い鼻がやや上を向いている。記憶にあるおろくの顔に違いなかった。

「女は何をしていて、この屋台店とぶつかりそうになったのだ」

「誰かを、見かけたんじゃねえですかね。しきりにそっちを気にしていましたから」

それでぶつかりそうになった。気にしていた相手が町人なのか武家なのか、そういうことは分からなかった。

「女は詫びもそこそこに、追いかけていったわけだな」

「そうです」

いかにも不満そうだった。

「どちらの方向だ」

「あっちですね」

蕎麦屋の親仁が指差した方向は、根津方面ではなく、湯島切通町のあたりだった。もちろん夢の湯へ行ったわけではない。坂道を上って、西へ向かったのだと察せられた。

三樹之助は残りの蕎麦を啜り込み、代を払った。おろくが歩いて行ったという道を、辿るつもりだった。

いったい、誰を見かけたのか。どうでもいい相手ではなかったはずである。そしてそれきり、行方が知れなくなった。

道を歩いてゆくと、湯島天神の裏手に出る。このあたりには、夢の湯の客がほとんどだから、尋ねるのは楽だった。

「知らないよ。その女って、三樹之助さんの何なんだい」

そんなことを言う者もあった。一昨日のことであっても、おろくらしい女を覚えている者はいなかった。

いつの間にか、加賀前田藩上屋敷の南側の道に出ていた。秋の昼下がり、武家地の道には、人の気配はまったくなくなっていた。

三樹之助は、それでも日光御成道《にっこうおなりみち》と中山道《なかせんどう》に続く本郷通りの町並みに出た。ここまで来ると、商家はもちろん人の通りも少なからずあった。

ただ道端に立ち尽くしていると、おろくの気配は、まったく消えてしまったように感じた。北へも南へも、また水戸徳川家上屋敷の裏手に繋がる西への道もあった。

しかし溜息をついているばかりでは始まらない。三樹之助は気を取り直して、道筋にある古着屋で店番をしている老爺《ろうや》に声をかけた。

「一昨日の夕方、囲われ者のような垢抜けた二十二、三の女だって」

老人は、眠そうな顔を三樹之助に向けた。しばらくぼんやりとしていたが、急に
「そういえば」と呟いて目を瞬いた。

「人相の悪い浪人者を、つけていた女子《おなご》ではありませんか」

「そ、そうやもしれぬ」

おろくは、前園を見かけたのかもしれないと考えた。それならば、慌ててあとをつけた理由も頷ける。

「悪相の浪人者でしてな、目に留まりました。しかもその後ろを、女が様子をうかがいながら歩いていきました。様子がおかしかったので、つけておったのではないかと思ったわけです。なかなかいい女でした。なぜあんな浪人者を、追っていったのかと気になりました」

「それで、どちらへ行ったのか」

「あちらでした」

老爺が指差した先は、水戸徳川家上屋敷の裏手に通じる道だった。

五

三樹之助は、本郷通りから西へ向かう道に入った。少し歩いただけで、再び武家地になった。ときおり四つ角が現れる。そのたびにどちらへ行くか迷ったが、真っ直ぐに進んだ。

途中で辻番小屋《つじばんごや》を見かけると、立ち寄って前園とおろくの外見を伝えて、覚えていないかと問いかけた。しかし古着屋の老爺のように、記憶に留めている者はいなかった。

　とうとう水戸徳川家上屋敷の裏手に出てしまった。そのまま行けば、伝通院門前に出る道筋だった。

「この道を通ったのか」

　確かめられない限り、疑問と不安は付きまとう。

　おろくが追っていた相手が前園で、その後行方が知れなくなったという事実が、何を意味するのか。ついつい最悪の事態を考えてしまう三樹之助だった。

　一刻も、おろそかにできない気持ちになっている。

　妾宅を出されたおろくは、新しい旦那を探していた。食うためには仕方のない行動だったが、それでも前園を見かけて、そのままにはできなかった。太左衛門の女房のお槙とは、まったく質《たち》の違う女だと思われた。

　何としても、捜し出してやらなくてはならない。

「ここではないですがね、眉に刀傷のあるお侍を見かけましたよ。ぶつかりそうになってさ、慌てて避《よ》けたんですよ。ああいう人と関わったら、ろくなことになりませんからね」

荷車に、肥桶《こえおけ》を載せた中年の男が、そう答えた。

鼻を衝《つ》くにおいが、襲ってきている。桶は満杯の様子で、銀蠅《ぎんばえ》が数匹、唸りをあげて飛んでいた。このあたりの糞尿《ふんにょう》を集める汲取り屋《くみとや》である。問いかけるのをやめようかと一瞬迷ったが、そのままにしなくてよかった。

「いくつぐらいの年頃だ」

「そうですね、四十になるかならないかの年でしたね」

前園の年恰好である。だが後をつけている女には、気づいた気配はなかった。

「どこで見かけたのだ」

「伝通院の、門前近くでしたね」

一昨日の夕刻、東側からやってきた侍の顔に西日が当たって、眉の刀傷が見えたという。三樹之助にはもう、肥桶のにおいは気にならなくなっていた。

「それでそのまま、道を真っ直ぐに行ったのだな」

「はい、そうでした。伝通院を通り過ぎてそのまま歩いていきました」

「そうか、よく覚えていてくれたな」

礼を言って、汲取り屋から離れた。

伝通院の門前は町家である。だがそのまま歩いてゆくと、再び武家地になった。大名屋敷や旗本屋敷ではなく、小禄の御家人の屋敷といった風情だった。

そして鄙びた町が現れた。小日向清水谷町である。

よろず屋と青物屋、種屋があるくらいで、空き地も少なくなかった。木を叩く槌音《つちおと》がどこかからしていて、職人の仕事場もあるらしかった。
五、六人の青洟《あおばな》をたらした男の子どもが、空き地で喚声《かんせい》を上げながら遊んでいた。
「さあ、そういうお武家も、二十二、三の女の人も、見かけませんでしたな」

まず尋ねたのは、青物屋の主人である。よろず屋の女房も、種屋の店番をしていた老婆も、同じことを言った。

夕刻とはいっても、前園やおろくがここへ辿り着いた頃は、日もだいぶ陰ったと思われる。顔を識別することは、難しかろうと推量できた。

ただそうなると、尋ねる相手がいなくなってしまった。三樹之助はぼんやりと、道端の風に揺れる芒を眺めるばかりになった。

そこへばたばたと足音が響いてきた。空き地で喚声を上げて遊んでいた子どもたちである。六、七歳が中心で、大きくても八、九歳だった。三樹之助の前を走り過ぎて行こうとしていた。

「おい、お前ら」

声をかけた。子どもたちならば、扱いは慣れている。

「なんだい、小父《おじ》さん」

子どもたちが集まってきた。

小父さんという呼び方には抵抗があったが、叱りつけるわけにはいかない。一応笑みを浮かべて、話しかけた。

「小母《おば》さんは知らないけどさ、眉のここに傷のある怖いお侍ならば、知っているよな」

ガキ大将ふうが言うと、一同は頷いた。

「なんで知っているんだ」

「だってこの先の空き家で、くらしているからさ」

「そうだよ。おれたち、あそこで遊べなくなった」

横にいた子どもたちが、次々に言った。

「いつごろから、そのお侍はいるのだ」

「そうだな。もう三日か、四日にはなるよな」

「うん。おいら、他にも人が来ているのを見かけたことがあるよ」

青洟を袖《そで》で拭きながら、一番年少らしい子どもが言った。

「どんな顔をしていたんだ」

「小父さんだよ、小父さん」

幼い子にとっては、二十歳あたりから上は、すべて小父さんになるらしかった。

「でもねえ、その小父さんはね、ちょっと猿みたいな顔だった」

「なに、猿だと」

頭に蘇《よみがえ》ったのは、定吉の顔だった。

「その空き家とは、どこだ」

「連れて行ってやるよ。でも、足音をたてちゃあ、いけねえぜ」

「大丈夫だ。抜かりはない」

ガキ大将を先頭に六人の子どもと三樹之助は、歩き始めた。道の左側、小日向清水谷町の路地に入った。どの子も、神妙な面持ちで歩いていた。

「あれだよ」

指差した先にあった住まいは、二百坪ほどの敷地に古家が建っていた。木戸門で、庭には落ち葉が積もっていた。なるほど、ちらと見ただけでは人が住んでいる気配ではなかった。

「なんだか、こわいね」

「うん。おれたちは、これで行くぜ。小父さん」

子ども同士が顔を見合わせたあとで、三樹之助に言った。

「おお、済まなかったな」

子どもたちは、駆け出して行った。来たときは忍び足だったが、戻っていくときは、大きな足音を立てていた。

三樹之助は、木戸門の前まで近づいた。中をのぞくと雑草に覆われた、手入れのまったくされていない庭が見えた。落ち葉が、あちらこちらに積もっている。

木戸門の取っ手に手を触れさせて、「おっ」と気がついた。ここにはざらつく埃の感触がなかった。開けたてをしている者がいるということだ。押すと、閂もかかっていない。

敷地の中に踏み込んだ。建物に気を集中させる。戸は閉められたままで、人の気配は感じられなかった。

玄関先から庭の縁先にかけて、雑草の踏まれた形跡があった。一、二日前のものと思われた。

建物の周囲を回ってみた。

いたるところに蜘蛛《くも》の巣が張っている。戸の隙間から中を覗いてみたが、暗くて何も見えなかった。

裏手の台所に回ると出入り口近くに井戸があった。釣瓶桶が近くに転がっていて、井戸には朽ちかけた板の蓋《ふた》がしてあった。

「待てよ」

行き過ぎようとして、三樹之助は立ち止まった。井戸の蓋に落ち葉が二枚しか載っていないことに気づいたからである。

井戸の周囲を丁寧に見回した。

「おおっ」

櫛が落ちているのに、気がついた。近づいて手に取った。黒漆に花の模様がついた飾り櫛だった。雨露にさらされた品ではない。

おろくの髪にあった櫛なのか。

思い出そうとしたが、浮かんでこなかった。

櫛を懐に押し込んだ。そして井戸の蓋に手を添えた。一思いにどかしてみた。深くて底が見えない。ひんやりとした暗い穴があるばかりだった。小石を落としてみると、何かにぶつかる音がしたが、水音は聞こえなかった。

涸れ井戸らしかった。

三樹之助は、意を決した。井戸の中に、入り込んでみることにしたのである。傍に落ちていた櫛が、潜ってみろと伝えてきていた。

釣瓶の綱を体に巻きつけて、少しずつ下りていった。井戸の側面は乾いていて、破れかけた箇所もあった。そこに手や足をかけた。

徐々に、闇に目が慣れてゆく。

「なんだ、このにおいは」

異臭が濃くなってゆく。埃のにおいだけではなかった。

「あっ」

においの正体が分かった。血のにおいである。半ば予期していたことだが、心の臓がどきんと鳴った。

底に降り立つと、硬直した人の体があった。手にねばっこいものがついた。固まりかけた血だと分かった。遺骸は女だと分かったが、闇の中でおろくだと確認はできなかった。

三樹之助は、自分の体に結び付けていた釣瓶の綱をはずして、遺骸に括《くく》りつけた。

そして井戸の壁を、少しずつ上っていった。

井戸から出ると、釣瓶を引き上げた。滑車《かっしゃ》がぎりぎりと軋《きし》み音を立てた。闇の底から浮かび上がってきた女の体は、髪も崩れ顔色も変わっていたが、おろくに違いなかった。

「おのれ、前園めっ」

憤怒《ふんぬ》の思いが、声になって漏れた。

一昨日の暮れ時に、隠れ家を探り当てて殺されたのである。心の臓を一突きにされていた。三樹之助は、遺骸に対して瞑目合掌《めいもくがっしょう》をした。

乱れた髪を、櫛でとかしてやった。

このまま源兵衛に知らせようと思ったが、その前に、建物の中をあたっておこうと考えた。定吉が訪ねて来ていたならば、八十兵衛も来ていたことになる。

台所口の戸を横に押すと、開いた。微かに埃のにおいがした。そのまま三樹之助は中に入った。竈《かまど》を見ると、そこで煮炊きした気配はなかった。埃のたかった板の間には、はっきりと足跡があった。

土足のまま、上がり框《がまち》に足をかけた。そのまま奥へ進んだ。大きな家ではなかったから、すぐに奥の畳の部屋になった。戸の隙間から、外の光が斜めに入り込んでいる。

部屋の中を目を凝《こ》らしながら見回した。隅に乱暴にたたまれた夜具があって、一升徳利《いっしょうどっくり》が二本と湯飲み茶碗、それに隅が欠けた丼に、干からびた煮しめが入っていた。

徳利を手にとってみると、チャポンと音がした。栓《せん》を抜いてにおいをかぐと、安物の酒ではなかった。

湯飲み茶碗は、数えると四つあった。この空き屋敷に、前園を含めて四人が集まっていたことになる。

断定はできないが、前園の他の二人は八十兵衛と定吉だと見当がついた。けれどももう一人は、誰なのか。これは推量の外《ほか》だった。

六

中天《ちゅうてん》に近い日差しが、大川《おおかわ》の水面に跳ね返って、きらきらと輝いている。荷を満載した舟が、その輝きを割って川下へ滑っていった。

両国橋《りょうごくばし》には、渡ってゆく人の足音が絶えない。足早に行く者もあれば、秋の日差しを味わいながら、のんびり歩いている老夫婦もあった。

湯島切通町の質屋大越屋の娘およう は、竹造と並んで歩きながら、西から東へ橋を渡っていった。

すれ違う同じ年頃の娘は、必ずといってよいほど竹造に目を向け、それから自分を羨望《せんぼう》とも嫉妬ともつかない眼差しで見詰めた。いや娘たちだけではない。若女房はもちろん、中年の女房までが、好奇の目でこちらを見た。

およう の胸は、そのたびに心地よくくすぐられた。役者にしてもおかしくない粋《いき》でいなせな男を、私は独り占めにしている。この男は、私に夢中なのだ。

そう考えると、誇らしい満ち足りた気持ちになった。

初めて出会ってから、ほぼ一日おきに会っていた。別れ際、じゃあまたあさってと、約束させられる。

それも嬉しい、およう なのだった。

家では、意に染まない祝言の話が進んでいる。結納の日も十四日と決まって、それも目前に迫ってきていた。

重苦しい気持ちと焦りがあって、救われた気持ちになるのは、竹造と一緒にいる一刻ばかりの間だけだった。

竹造は男前というだけではなかった。こちらの話をしっかりと、頷きながら聞いてくれる。無理強《むりじ》いはしないで、いつだって気を使ってくれた。そして旅の話をいろいろしてくれた。

江戸と上方では喋る言葉が違うこと。江戸にはいない鱧《はも》という魚など様々な食べ物のこと。間近から見上げる富士のお山の雄姿。江戸も湯島上野界隈しか知らないおようにとっては、初めて知る世界だった。

「一緒に旅をすることができたら、どれほど楽しいだろう」

そんなことさえ考えた。祝言を挙げることになっている若旦那のことなど、片時も考えたくなかった。

不忍池の畔《ほとり》で待ち合わせして、二人で本所回向院《えこういん》へ向かっていた。

「今日は、摂津《せっつ》の徳恩寺《とくおんじ》という寺の出開帳《でがいちよう》だ。上方では名の知られたお寺で、ご開帳になる普賢菩薩《ふげんぼさつ》様は、そりゃあもう霊験《れいげん》あらたかでね、女の人の願いをかなえてくれる。だからおようさんを、わざわざ誘ったんだ」

なんという優しい心遣いではないか。そう思うと、祝言の決まった日本橋の醤油問屋の跡取りなど、どうでもいい気持ちになった。どこかへ行ってしまえばせいせいするのにと、そこまで考えた。

一昨日も、二人で八つ小路へ出かけ、一刻ほど屋台店を覗いたり、大道芸を見物したりした。そして甘味屋で汁粉《しるこ》を食べた。甘いものは得意ではなさそうだったが、竹造は自分のために付き合ってくれたのだ。

そして帰り道、人気のない武家道を歩いていたとき、いきなり手を握られた。驚いたが、嬉しかった。おようも握り返したのである。

さらに、予想もしていないことが起こった。いきなり両肩に手を掛けられて、口を吸われた。

くらくらとして、目が回りそうだった。男の人とそんなことをしたのは、生まれて初めてである。

それから別れたあと、何をしていても竹造のことばかり考えていた。回向院の開帳を見に行くことが、待ち遠しくてならなかった。

両国橋を渡って、橋袂の広場に出た。ここにも見世物小屋や屋台店が出ていて、人で賑わっていた。おようは今日も、竹造が手を握ってくれるのを、口には出せないが待っていた。

「じゃあ、何かい。二階のおようさんの隣の部屋で、おとっつぁんとおっかさんが寝ているわけだね。鼾《いびき》はうるさくないかい」

「そんなこと、気になりませんよ」

「大事なお宝の入った土蔵の錠前の鍵も、夜は二階へ行くわけだ。その方が、確かに物騒じゃなくていいや」

「いえ鍵は、下で寝ている兄さんが持っています。あの人は用心深いですから、枕の下に入れて寝ているんです」

ときどき、大越屋の店の様子を聞かれる。

奉公人の人数や、寝起きをする場所。金箱を収める土蔵や、裏木戸の内側の様子など。普通ならば、誰にも言わないが、竹造にならば、何でも隠さずに話すことができた。

それくらい、惹《ひ》かれていた。両親と兄君太郎《きみたろう》の暮らし振りや、奉公人の一人一人の名まで尋ねられて教えた。

「はぐれないように、しないとね」

回向院の門前の町は、評判の開帳ということもあって、両国橋の東西の橋袂よりも混雑していた。肩をぶつけるようにしなければ、前に進めない。

ようやく竹造が、手を握ってくれた。

おようは好いた男の腕に体を寄せた。

そうやって、普賢菩薩像を参拝した。象《ぞう》という異国の生き物の上に乗った菩薩像だった。

「長い間、拝んでいたね。何をお願いしたんだい」

仏像から離れて、屋台店が並ぶあたりに出たとき、竹造が問いかけてきた。

「さあ」

何と答えたものかと、おようは困った。

一緒に江戸を出てしまいたい、などとは口に出してはいけないことだと感じたからだった。でも自分の頬が、赤くなったのは分かった。

「知りてえなあ、どうしても」

そう言われたとき、おようは不覚にも、涙が出そうになった。あと数日で結納を受け取り、年が明けたならば祝言となる。好いてもいない男の女房に、ならなくてはならないのだった。

湯島から日本橋界隈へと、暮らしの場所が移るだけのことである。

だがそのことは、竹造には話していない。いつか話したいと願っていたが、そんな話をしたら、自分から離れていってしまうのではないかと怖くて言えなかった。

「ありっこないこと。でもあったら、嬉しいこと」

「なんだろうね」

「言ってしまったら、ぜったいにかなわないから、言えない」

何とか誤魔化《ごまか》した。動悸が激しくなった。こんなふうにドキドキしたのも、久しぶりだった。

「おれには版木職の腕があるから、どこへ行ったって食っていけるぜ」

竹造は職人だからか、ちょっと乱暴な口の利き方をする。しかしそれも新鮮に感じた。

夢の湯のお久の、亡くなった亭主の弟分の職人だと聞かされていた。竹造がおナツや冬太郎に、高価な土産を持って訪ねてきたという話は、湯に入りに行く中で聞いていた。

女湯では、男前の訪問者について、何度も話題に上っていたのである。

得体の知れない余所者《よそもの》だとは思っていなかった。お久の縁者だと受け取っていたから、その部分での信頼があった。

手を繋いだまま、境内の屋台店を見て回った。紅筆を一本買ってもらった。嫁入り道具として誂《あつら》えられているものと比べればはるかに安物だったが、こちらの方を大事にするだろうと感じた。

そして裏口から、境内の外へ出た。およううはわずかに不審を持ったが、竹造は何も言わず表情も変わっていなかった。

そのままついていった。回向院の他に、どこかへ行こうとしているのだと思った。それならば、ついていくつもりだった。

まだまだ別れたくないのだ。

北へ向かってゆく。横網町《よこあみちょう》の道筋だとは分かった。道の先に、大川の広い川面が見えた。河岸の道を散歩するのだと受け取った。

町のはずれになると、樹木も多くなって、商家よりも民家が多くなった。庭のある敷地の広い屋敷が目に付いた。道の反対側は大名家の下屋敷である。通行する人の姿もまばらになった。

竹造が立ち止まったのは、黒板塀に囲まれた格子戸の前だった。民家らしい佇まいではあっても、どこか洒落《しゃれ》た印象があった。芸者の置屋や、妾宅といった気配である。

「入ろうじゃねえか。嫌かい」

そう言われて、おようははっと気がついた。この建物が、出合茶屋《であいぢゃや》だということをである。

一瞬の迷いがあった。だが背中に回っていた竹造の手が押していた。

「この人は、悪い人ではない。だってこんなにも優しいんだから」

心の中で自分に言い聞かせた。買ってもらった紅筆を握り締めたまま、おようは開かれた格子戸の中に足を踏み入れた。

七

三樹之助は、荷車を引いて古材木拾いから戻ってきた。今日は荷車から溢《あふ》れそうになっている。

古家が解体されて、不要になった材木を分けてもらってきたのである。雪隠《せっちん》の部分もあったが、そんなことは気にしない。燃やすことができるならば、何でもよかった。ありがたく頂戴してきた。

湯島切通町の坂道を、慎重に荷車を引きながら下りてきた。満載のときに坂道を行くのは手間がかかる。特に下りは勢いがついてしまうので、注意が必要だった。

夢の湯の裏木戸へ行く路地がもう少しというところで、三樹之助は立ち止まった。

「はて」

二人連れの男が、質屋の大越屋をうかがい見ている気配を感じたからだった。一人は深編笠《ふかあみがさ》を被った浪人者ふうで、もう一人は小柄な職人といった気配で、頭から手拭いを被って顎《かぶ》で結んでいた。

何をするわけでもなかった。ただ建物を見上げたり、裏手に回る路地をのぞいたりしていたのである。

ただそれで、すぐに不審者だと感じたわけではなかった。その小柄な体つきに、見覚えがあった。

「あれは、定吉ではないか」

ちらと、顔がこちらを向いた。それで思い出した。足を踏ん張り、腕に力を入れて荷車を止めた。

もう一度見直すと、やはり定吉に違いなかった。

だとすると深編笠の浪人者は、前園なのか。三樹之助は源兵衛が作った似顔絵を見たことはあったが、実際の顔は見ていなかった。確かめたかったが、深編笠を被られていては、どうしようもなかった。

けれどもこの二人の姿を目にして、そのままにすることはできなかった。慌てて荷車を、裏木戸への路地に押し込んだ。どのような動きをするかは分からないので、ほんの少しの間でも、目を離すことはできない。

目と鼻の先でも、裏木戸まで引いてゆくことはしなかった。幸い路地は坂ではなく平らだった。そのままにしても転がってゆく心配はなかった。

定吉と浪人者は、大越屋をしばらく眺めて何かを言い合った。しかし中に入る気配もないまま、坂道を上り始めた。三樹之助は、建物の陰に身を隠してやり過ごした。

二人は足早に歩き去って行く。

「このまま見送るわけにはいかぬな」

あとをつけて行く。材木拾いに行った途中のことである。腰に刀は一本も差していなかった。取りに戻る暇はもちろんなかった。

加賀藩上屋敷に出る前、麟祥院という寺の前で、二人は立ち止まった。そのまま進む道と左に曲がる道があった。左へ行けば、神田川の土手にぶつかる。

定吉はそのまま進み、深編笠の侍は左折した。

別々になるとは、考えもしなかった。

三樹之助は、深編笠の侍をつけた。前園ではないかという考えは、つけている間にますます強くなっていた。

侍は、足早に歩いてゆく。振り向く気配はなかった。

町家があり武家地を抜けて、神田川の河岸の道に出た。

川は切り立った崖の下にある。東に湯島聖堂の瓦屋根が見え、対岸には一面に旗本屋敷が広がっている。

深編笠の侍は、西に向かった。大身旗本の広い屋敷が、どこまでも続いている。歩いてゆくと人の通りはまったくなくなった。秋の風が、川端の芒の穂を揺らしていた。

神田川を跨《また》ぐ水道橋《すいどうばし》の手前に、神田上水懸樋《じょうすいかけひ》が架けられている。これに近づいたとき、侍の歩みが遅くなった。そしてついに立ち止まり、振り向いた。

三樹之助は間を空けて歩いていたが、他に人の姿はなかった。身を隠す場所も見当たらない。

動揺を悟られぬように、そのまま進んでゆくしかなかった。間が五間ほどになったとき、向こうが声を掛けてきた。

「きさま、なぜつけてくる」

気性の激しさが、そのまま声になっていた。

「なんだ、藪《やぶ》から棒《ぼう》に。おれはただこちらへ歩いて来ただけだぞ」

あえて、のんびりした口調で言った。相手が、ふんと鼻を鳴らしたのが分かった。

「つい先日も、わしをつけてきた者があった。気にしていたら、こんどはきさまだった」

「ほう。つけてきたのは、女子であったというわけだな」

「問答無用だ」

三樹之助の言葉に驚き、そして激怒した様子だった。狼狽もしていた。腰の刀に左手を添え、鯉口《こいぐち》を切った。

「なるほど、その方が前園だな」

「きさま、何者だっ」

図星だったようだ。憎悪の目を向けて、刀を抜いていた。おろくのことを、知っている者と察したようだ。

三樹之助は、一歩跳び退《しさ》った。こちらは丸腰である。距離は少しでも空けたかった。つい今しがたまであった余裕が、三樹之助の中から消えていた。

刀を抜く一瞬の身ごなし。足の捌《さば》きや、体の重心の置き方。ただ者ではないと感じたからだった。

諸国を巡って、修羅場を潜ってきた遣い手だと、剣術道場の籠原という道場主が話していたのを思い出した。

「きさまは、寸鉄《すんてつ》も帯びずか。たいした度胸だ。恐れ入ったぜ」

手心を加えるふうは、微塵《みじん》もなかった。刀を八双《はっそう》に構えると、じりと前に寄ってきた。

三樹之助は腰を落とし、両手で身構えるだけだった。刀を握っていたとしても、互角の闘いがやっとの相手だと思われた。素手《すで》では、ただ斬られるのを待つばかりだといえた。

左右に目をやっても、逃げ込む場所はなかった。神田川に飛び込むことも考えたが、水辺の手前の岩場に落ちそうだった。

「死ねっ」

一撃が襲いかかってきた。刀が空を斬り、踏み込んでくる足音は地べたが震えるほどだった。引けば脳天から裁ち割られると感じた。

前に出るしか、手立てはなかった。

振り下ろされる、刀の柄と握っている手首を摑もうと考えた。何もしないで、斬られるわけにはいかない。あとをつけたおろくも、問答無用で殺されたのだと思った。許せない相手であった。

目の前に、腕が迫ってきた。摑もうとしたが、その腕がすっと遠退《とおの》いた。こちらの動きを、察している。

刃鳴りの音が、違う角度から迫ってきた。だがその位置が、正確には分からなかった。

斬られることを覚悟したが、それでも体は前に出ていた。

勢いだけはついている。相手の内懐に入っていた。体を摑んだ。渾身《こんしん》の力を入れている。足を絡めて倒そうとした。

だが……。簡単には倒れない。ただ均衡《きんこう》をわずかに崩した。

刀が、三樹之助の左の肩をかすった。血が飛んで、鈍い痛みが全身を駆け抜けた。

勢いのついていたこちらの体が、相手の体から外れた。つんのめるように前に倒れた。その体の上に、次の一撃が襲ってきた。

避ける暇はなかった。

三樹之助は、とっさに手元にあった小石を握り締めた。それを、相手の喉もとめがけて投げつけた。

石が、刀で弾かれた。きんと、金属の音が響いた。

このわずかな間が、三樹之助を窮地《きゅうち》から救った。立ち上がっていたのである。そしてもう一つ、石を拾っていた。

これを顔の真ん中に投げつけている。渾身の力をこめていた。

間髪《かんはつ》をいれず、体を横に飛ばした。そのまま前に駆け出している。ここまではどうにかなったが、これ以上はどうにもならない。じりじりと追い詰められるだけだった。やっとのことで前園に辿り着いたが、やむを得ない。悔しいが、今は逃げるしかなかった。

第四章　彫られた似顔絵

一

竹輪《ちくわ》と蒟蒻《こんにやく》の煮付を、お久は作った。もちろんこれは、源兵衛やおナツ、冬太郎だけでなく、夢の湯の奉公人すべての晩飯の菜《さい》にするつもりだったが、それだけではなかった。

一人前余分に用意したのである。

経木《きようぎ》の折《おり》に詰めた。一人前だけの、卵焼きも用意した。

これを持って、客が混まない午後の早い時間に、お久は夢の湯を出た。本郷春木町に向かって歩いてゆく。

竹造の長屋を訪ねるつもりだった。

上方から帰ってきたと、九年ぶりにひょっこり顔を出した。相変わらず、どきりとするくらいの男前だった。そしてあの頃と同じくらい、胸が騒いだのも事実だった。源兵衛に頼んで長屋を借り、『彫常』から仕事をもらえるようにしてもらった。自分に向けられる眼差しは、前とそうは変わらない気がしたが、同じではない。向けてくる笑顔に、こだわりを感じた。

九年にわたる、流浪の暮らしについて、竹造は多くを語らなかった。

所帯を持ちたいと思うくらい親しくしていながら、乙松の女房になり二人の子をもうけた。そこにはどうしようもない事情があったにしても、後ろめたさがあった。

江戸を去ってからの暮らしについては、尋ねたいことがいっぱいあった。仕事のこと、食べ物のこと、住まいのこと。病に伏せるようなことはなかったのか。辛いこと、挫《くじ》けそうになったことは、なかったのか。

だが問いかけることができなかった。

それは胸の奥にある、後ろめたさだけではなかった。竹造の物言いや身振り、目の動きなどから、前にはなかった荒《すさ》みといったものを感じていたからかもしれない。

しかし竹造が、具体的に悪事をしでかしたわけではなかった。

何かを企んでいるのかもしれないし、ただ昔馴染みの湯島界隈で過ごしたいというそれだけの思いなのかもしれない。なにがどうというわけではないが、得体の知れない胸騒ぎがあった。

だから三樹之助に、様子を見てきてほしいと頼んだ。

まだ越してきて、十日ほどしかたっていない。長屋の住人たちは、取り立てて悪い印象を持っていないらしいが、暮らしぶりは気になった。

三樹之助はあれから三度訪ねてくれたというが、いつも留守だったとか。たまたまそのときだけだとしても、仕事に身が入っていない気がしたのである。

加えてこの六日ほど、まったく夢の湯に立ち寄っていなかった。

「自分の目で、暮らしぶりを見てこよう」

お久は、そう決心した。

青い空に鰯雲《いわしぐも》が浮かんでいる。顔見知りの菓子舗《かしほ》の店先には、月見団子の注文を受け付ける張り紙がしてあった。

湯島天神の境内を見上げると、石垣の間から生えた芒の穂が、秋の昼過ぎの日差しを浴びていた。

歩き始めると、本郷春木町はすぐ近くである。

竹造が住む長兵衛店には、最初の日にやってきて掃除をした。けれどもあの日から、ずいぶん日がたった気がした。

腰高障子は、閉まっていた。耳を澄ましても、鑿を使っている音は聞こえなかった。

「竹造さんなら、昼前に出かけていきましたよ」

井戸端で、泥のついた里芋《さといも》を洗っている女房が教えてくれた。

「よく、出かけるんですか」

「そうだね。ほとんど毎日出かけているね。まあ家で仕事をしているときも、あるけどね」

「帰りは、遅いんですか」

「そのときによりますよ。早いときもあれば、遅いときもある。そうそう昨日と一昨日は遅かった。町木戸が閉まる頃に、帰ってきたみたいだったね」

「お酒でも、飲んでいたんでしょうか」

「さあ、そこまでは知らないけどね。でもひどく酔っ払ったという感じではなかったと思いますよ」

九年前まで、竹造は酒を飲まなかった。少し飲んだだけでも頭が痛くなると話していた。

上方での暮らしで酒を覚えたことになる。どのような暮らしだったのかと、改めて思いを巡らせた。

「よく出かけるということでしたが、どこへ行っているのでしょうか。知っていますか」

「さあ、あんまり話をしない人だからね。ただね、八つ小路で、十八、九の娘と楽しそうに露店を見ながら歩いているのを見た人がいたね」

「まあ」

仰天した。江戸へ出てきてまだ日も浅い竹造に、そういう相手がいるのが意外だった。

「どんな娘さんだったのですか」

「あたしが見たわけじゃないから、よくわからないけどさ。どこかのお金持ちの娘といった感じだったらしいよ。あの人は男前だから、娘の方が放っておかないのかもしれないけどね」

仕事もしないで、その娘と遊び歩いているということなのだろうか。それとももとんでもない莫連娘《ばくれんむすめ》に、引っかかってしまったのか。

そこまで考えて、お久ははっとした。娘の方を悪者としてとらえていることに気がついたからである。

　さらにもう一つ、自分を慌てさせるものがあった。それは一緒にいた娘に対して、嫉妬を感じていることだった。

　九年前、竹造に好意を持っていたのは事実である。しかし乙松と祝言を挙げたとき、気持ちの中では踏ん切りをつけたつもりだった。

　竹造は、便り一本寄越さなかった。

　自分の心の中では、結末のついた相手だと考えていたが、そうではないと今になって思い知らされた。

　竹造が誰とどういう付き合いをしようと、自分があれこれ言う筋合いはない。それは頭ではよく分かっていたが、一緒にいた娘が、どこの誰なのか、どういう娘なのか、根掘り葉掘り聞きたい思いが湧いてどうすることもできなかった。

　お久は、留守の竹造の部屋の腰高障子を開けた。手土産の煮付を置いてゆくという理由からだが、部屋の様子をなんとしても見てみたかった。部屋の中にも、娘の気配が何かあるかもしれない。

「ああっ」

　部屋の中をのぞいて、お久は声をあげた。彫りかけの版木、散らばっている鑿や木屑、敷いたままになっている夜具。転がっている酒徳利。

三樹之助からある程度は聞いていたが、それ以上の乱雑さだった。目を凝《こ》らして見回した。

やりかけの仕事は文字だった。彫りかけのまま、置かれている。

お久の目は、まずこれに引きつけられた。

「これは……」

言葉が出なかった。錦絵ではなく、文字を彫っているとは聞いていたが、ひどい出来だった。

三年前まで、お久は毎日欠かすことなく、乙松の仕事ぶりを見ていた。版木を見る目は、いつの間にか備わっていたのである。

竹造の仕事は、削り取られた文字の線が、波打っているように見えた。安定した削り口になっていなかった。これでは、錦絵など扱わせてもらえないのは当然だった。

誰だか分からない金持ちの娘と出歩いていること、そして乱雑な仕事場と、彫りの技術の未熟さ。大坂での、荒《すさ》んだ暮らしぶりを表している。

もしやと案じていたことが、そのままになって目の前に現れてきたという実感だった。

お久は、袂から一枚の紙切れを取り出した。そして広げてみた。紙には、九年前の自分の顔が、墨一色で精緻に描かれていた。

「なんだか、恥ずかしいね」

お久は顔を赤らめた。

「そうかい。でもおれは、お久さんの笑顔を、おれの鑿で彫り出してみてえんだ」

真顔になった竹造が、お久をまじまじと見つめながら言った。

竹造は、前から絵心があった。似顔絵を描いて、それを版木に彫りこんでみたいというのである。

自分の顔が、丁寧に紙に写し取られた。細かい髪の毛や眉の線、瑞々《みずみず》しい唇や頬の丸み。それだけでも細かな特徴が写し取られていたが、十日ほどしてから竹造は、もう一枚の紙を持ってきた。

「あの似顔絵を彫って、刷ってきたんだ。どうだい、出来は」

「まあ」

出来上がった紙を見て、お久は賛嘆の声をあげた。錦絵を手がけるほどの腕前だとは聞いていたが、なるほど見事な仕上がりだった。

似顔絵に描かれた自分の顔が、そのままに写し取られて、刷られていたのだった。

『お久さんへ　竹造』

そんな文字さえ彫られていた。

貰った一枚の刷物は、お久の宝物になった。乙松と祝言を挙げた後でも、捨てることができなかった。

鏡台の引き出しの、一番奥にしまっておいたのである。

仕事の合間にやった似顔の彫物だが、あのときの腕は確かだった。目の前にある版木とは、雲泥の差だといえる。

このままでは、竹造は、道を踏み外して生きてゆくのではないか。あるいはもう、抜け出すことのできない道を歩み始めているのか。お久の胸は、大きく揺れた。

何とかしたいが、今の自分にはどうすることもできない。

好き合っていながら、肝心なところで支えることができなかった。一人で江戸を発《た》たせてしまったのである。

無念さと恐れが、お久の気持ちを覆っていた。

二

中秋の名月、十五夜の晩が、あと三日に迫っていた。夕刻になって現れる月が、日ごとに丸みを帯び始めている。満月でなくても、八月の月はいつであっても美しい。そういう話題が、午前中の空《す》いた男湯の板の間で交わされていた。

「供《そな》え物《もの》の団子を注文しました」

「そうですか。うちは店で搗《つ》いて、お客様に配ります」

荒物屋と竹屋の隠居同士が、湯上がりの板の間で話をしていた。竹屋は向島《むこうじま》に知り合いの家があって、孫を連れて、そこで満月の月見をすると半分自慢げに喋ってい る。

「あのね、おいらもね。月見に行くんだよ。三樹之助さまがさ、舟を借りてくれて、そこでお月見をするんだ」

老人の話に、冬太郎が割り込んだ。嬉しいこと待ち遠しいことがあると、黙っていられないのである。

昨日までは、志保に連れられて行った、道灌山の酒井家別邸の話をしていた。

しかし今日は、満月の夜に月見舟に乗って見物をするという話題に変わっていた。子どもの気持ちは、次々に新しいものに移って行く。

「ほう。さすがに三樹之助さんは、手回しがいいね。十五夜の晩に舟を借りることができたなんて」

荒物屋の隠居が、そう言った。

「そうだよ。三樹之助さまは、湯屋のお助け人だからね。なんでもできるんだ」

冬太郎は、鼻高々の様子である。

このやり取りを、三樹之助は踏み台に乗って、何枚もの引き札を貼り替えながら聞いていた。どこの湯屋でも、壁の目立つところに、食い物屋や化粧水、開帳などを知らせる引き札を貼った。広告によって入る実入りは、湯屋の商いにとって貴重なものだった。

三樹之助は、この冬太郎の話をひやひやしながら聞いていた。実は冬太郎にもおナツにも話していないが、満月の夜の舟を借りることができていなかったからである。

安請け合いをしてしまったが、どこへ頼みに行っても借り受けることができなかった。

「半年も前から、お話がありますからね。そこで決まってしまいます」

そう言われた。どうにかなると軽く考えていた、見通しの甘さが悔やまれた。言わなければよかったと後悔したが、子どもたちは楽しみにしていた。

今さら借りられなかったとは、どうしても口に出せないでいたのである。

「肩の傷は、大丈夫」

一昨日、材木拾いに行った帰り、三樹之助は定吉と一緒にいた深編笠の侍をつけた。ところが気づかれて、無腰の状態で襲われるはめに陥《おちい》ってしまった。侍は前園だと確信したが、素手では対応のしようがなかった。

浅手とはいえ、左肩を斬られて逃げ戻って来たのである。

源兵衛やお久はもちろん、怪我に驚いたおナツや冬太郎も、たいそう容態《ようだい》を案じてくれた。

「そんな肩じゃあ、舟は無理だね。おいら舟に乗れなくても、ちっとも寂しくないよ」

冬太郎には、そう言われてしまった。

「うん、そうしよう。あたしたち、無理して行きたいわけじゃないんだから」

おナツも同意した。

「よし。ならばよそう。今度にしよう」

そう言ってしまえばよかったのだが、口にできなかった。

姉弟の気持ちは分かっていたし、浅手の怪我を言い訳にするのも気が進まなかった。膏薬を塗ってもらい、布を巻いてもらってはいたが、体を動かすのに不自由はなかった。

源兵衛は、前園の似顔絵を作ってから、手先に八十兵衛の住まいである兎屋を交代で見張らせていた。前園が定吉と一緒にいたとするならば、当然八十兵衛とも繋がりがあると考えたのである。

現れたならば、すぐに知らせが来る手筈《てはず》になっていた。だがその知らせは、まだ来ていない。

「満月の月見もよいがな、待宵《まつよい》の月もなかなか風情がありますぞ」

そう言い出したのは、荒物屋の隠居だった。

「まつよいって、なあに」

冬太郎が、問いかけた。

「十五夜の月を待つ、前夜の月のことだ。十五夜も、雨が降っては台無しになるからな」

「ふーん」

分かったような、分からないような返事を、冬太郎はしていた。

だがそのやり取りを聞いていて、三樹之助は腹を決めた。

「どうだ、冬太郎。おれたちは、十四日の待宵の月を見物してみるというのは」

「うん。それもおもしろそうだね」

冬太郎にしてみれば、満月であろうが前日であろうが、出かけられれば嬉しいのである。嫌がりはしなかった。おナツは寺子屋《てらこや》へ行っている。帰ってきたらさっそく話してみると冬太郎は言った。

十四日ならば、舟を借りることができる。大川も神田川も、十五日よりはすいているだろうと考えた。

そこへ、新たな客がやって来た。夢の湯の斜め向かい、質屋の主人睦右衛門だった。

「これはこれは、大越屋さん」

荒物屋と竹屋の隠居は、丁寧に頭を下げた。大越屋は、湯島切通町では一番の大身代である。年長者であっても、そこらへんのことはわきまえていた。

「いやいや、いつもお世話になっています」

睦右衛門は、如才《じょさい》ない応対をした。

「大越屋さんでは、近々めでたいことがありますな」

竹屋の隠居が言った。おもねるような口調で続けた。

「おようさんの結納のことですよ。お相手は、日本橋北鞘町の大店だっていうじゃないですか」

「そうそう、私もそれは聞きましたぞ。さすがは大越屋さんだ」

荒物屋の隠居にも言われて、睦右衛門の表情が緩んだ。まんざらではないといった顔だった。

「いやいや、それほどではありませんよ」

「確か、結納は明後日の十四日でしたな」

「ええ、そうです。来春には、祝言ですな」

このやり取りを、三樹之助は黙って聞いていた。おようの縁談は着々と進んでいる様子だが、先日源兵衛は、気になることを言っていた。八つ小路で竹造と楽しそうに歩いている姿を見かけたというものだった。

結納を間近に控えた娘が、祝言の相手ではない男と町を歩くか。源兵衛も、話を聞いた三樹之助も、不審に感じていたことだ。

睦右衛門は、衣服を脱いで湯殿へ向かって行った。残った隠居同士は、おようの縁談について話を続けた。

「結納金もなかなかの額だと聞きましたよ」

「ほう。どれくらいの金高なのですかな」

竹屋の隠居の言葉に、荒物屋の隠居が気持ちを引かれた。

「それがですな、五百両は下らないらしいですぞ」

「なんと」

驚嘆の声があがった。

「十四日のうちに、運び込まれるそうですな」

「なるほど。大越屋さんの土蔵には、いつでも四、五百両の小判が眠っているということですから、その日からは千両の金が眠るわけですな」

「そういうことです。あるところには、あるものですよ」

二人の口から、溜息が漏れた。

石榴口の向こうから、湯をかける音が聞こえてきた。

三

その翌日十三日のことである。源兵衛の手先をしている三十代半ばの鋳掛け屋《いかけや》が夢の湯へ駆け込んで来た。

慌てたらしく、息を切らしていた。

道端で筵《むしろ》を敷き、鋳掛け仕事をしながら八十兵衛を見張っていた。

「どうも、兎屋の様子がおかしいんでさあ。朝行ったときから、戸が閉まったままでしてね、出入りする様子がまったくねえ。それでのぞいてみたら、もぬけの殻《から》でした」

昨夜は別の手先が、町木戸の閉まる四つ（午後十時）ぎりぎりまで見張っていた。そのときは、家に明かりが灯っていたのである。八十兵衛や定吉の姿を目撃していた。

「すると、おめえが行き着く前に、家を出たわけだな」

「そうなりますね」

見張りがいることを承知して、早朝に家を出たのならば、何かの企みがあることになる。

「気づかれるような、ドジは踏んでいないはずですがね」

鋳掛け屋はそう言ったが、八十兵衛も定吉も鈍い男ではなさそうだった。

「何かしでかすのだろうか」

その場にいた三樹之助が声を出した。

「かもしれやせんが、今頃は、ひょっこり戻っているかもしれませんぜ」

源兵衛は、慎重なことを言った。

「ともあれ、行ってみなくてはなるまい」

「三樹之助さんも、来てくれますかい」

「もちろんだ」

鋳掛け屋と三人で、四谷の兎屋へ向かう。三樹之助を伴ったのは、源兵衛も八十兵衛らが不明になったことに、大きな危惧を感じているからに違いなかった。

三日前、深編笠の前園が三樹之助を襲った。そのほんの少し前、前園は定吉と大越屋の様子を探っていた。

大越屋には、明日結納の金五百両が運びこまれるのである。隠居同士の話ではないが、千両の金が土蔵に収められる。それと定吉らが大越屋に探りを入れていたことが、一つに重ならないとは断言できないからだった。

押し込むために、定吉らは大越屋を探っていたかもしれないのだ。

四谷御箪笥町の八十兵衛の住まいへ着いたときは、そろそろ日が中天に昇ろうかといった刻限になっていた。だが建物は戸を閉ざしたままで、人がいる気配はなかった。

「おサクに様子を聞いてみよう」

そう言ったのは、源兵衛だった。おサクとは、夕暮れ時に一刻（約二時間）ほど、飯炊きと掃除をしにやって来る老婆だ。八十兵衛の住まいである兎屋に、もう二年ほど通ってきているということだった。

これは、見張りをするようになって分かったのである。

おサクは同じ町内の、裏長屋に息子夫婦と住んでいた。六十半ばといった年恰好の、元気な婆さんだった。鋳掛け屋にはそのまま見張りを続けさせ、源兵衛と三樹之助とで出向いた。

「旦那さんや定吉さんに、変わった様子はありませんでしたよ。それにお武家さんが、訪ねてきたこともありません」

源兵衛の問いかけに、おサクはそう答えた。前園の似顔絵も見せたが、それらしい侍の顔に、見覚えはないとのことだった。

「すると、今日も晩飯を作りに行くわけだな」

「いえ、行きません。今日と明日は、来なくていいと言われたんです。それでも手当はもらえるので、儲《もう》かりました」

嬉しそうに言った。そういうことは、これまでにも何度かあったそうな。珍しいことではなかった。

「いつ言われたのだ」

「昨日です。だいたい前の日です。吉原《よしわら》へでも、繰り出すんじゃないですかね」

「三日続きで、泊まり込むのか」

これを聞いたのは、三樹之助である。

「ああ、そういえば二日続きは、めったにありませんね」

老婆は、少し考えてから言った。三樹之助と源兵衛は、顔を見合わせた。

「明後日以降は、来いと言われているのだな」

「そうですよ。あの人たちは、飯を炊くことができないんですから」

八十兵衛と定吉は、今日明日で何かを行い、明後日には住まいへ戻ってくることになる。

「飯を作るのは、二人分だな」

「そうですよ。晩と次の朝の分を炊きます。汁もそうです」

「三人分や四人分を作ったことは、ないのだな」

「いや、それは……。前にはありますよ」

「いつのことだ」

「八月になって、すぐですね。一日か二日のことですよ。人が訪ねてくるということでした」

「相手が分かるか」

「いえ。あたしは飯の用意を済ませたら、帰りますから。でもその人は、上方から来た人だとか言っていましたね」

それを聞いて、三樹之助の頭に浮かんだのは竹造の顔だった。

川角屋太左衛門に囲われていたおろくが殺されたのは、小日向清水谷町の空き屋敷である。建物に入ってみると、酒徳利があり、湯飲み茶碗が四つ転がっていた。断定はできないながら、あそこにいたのは前園と八十兵衛、それに定吉だと考えていた。

しかしもう一人については、想像することさえできなかった。だが今になって、その顔がおぼろげながら浮かび上がってきた。

「八十兵衛の家で、飯を食ったもう一人は、歌舞伎役者のような男前だったのではないか」

「さあ。それならば、あたしも顔を見てみたいところだったねえ」

三樹之助が言うと、おサクはけらけらと笑った。

「あっしも、竹造ではないかと思いましたね」

おサクの長屋から、八十兵衛の家に戻る道すがら、源兵衛はそう言った。三樹之助が、男前という言葉を使ったので、こちらの思いに気づいたらしい。

「明日、大越屋には、五百両の金が運びこまれる。以前から土蔵にあるものを加えれば、千両ですからね」

四谷大通りから、一本奥に入った裏通りを二人は歩いている。

「そうだ。それを頂戴しようという腹だな。定吉と深編笠の侍が、大越屋の店や建物の様子を探っていた。だが外から眺めたぐらいでは、押し込むことはできない」

「内情を探る役目の者が、なくてはならねえわけですね」

「うむ。それが竹造だったとすれば、辻褄《つじつま》が合うな」

間違いがないと、三樹之助は思っている。

竹造とおようが二人でいる姿を、源兵衛が目撃していた。他にも、竹造が金持ちの娘と一緒にいる姿を目撃した者がいた。

「八十兵衛と竹造が、どこでどう繋がったかは分からねえ。だが色仕掛けで、竹造はおように近づいた。店や奉公人の様子、建物の間取り、土蔵の鍵の始末の仕方、すべてを聞き出していたら、押し込みはやりやすいでしょうからね」

「しかしな。ただちょいと気があるくらいでは、女はそこまで喋らないのではないか。

そこが気になるな」

三樹之助が源兵衛の言葉に応じた。

「深い間柄になっちまえば、いいんですよ。おようという娘は、昔からよく知っていやす。思い込むと一途《いちず》だが、男慣れしたあばずれじゃああありやせん。ああいう娘は、一度落とされたら、男のいいなりになりやすぜ」

「竹造には、それだけの手練手管《てれんてくだ》があるということだな」

「へい。あいつはもう、九年前の竹造とは違う男になっていやす。版木彫りの職人なんかじゃねえんですよ」

源兵衛は『彫常』の親方常蔵が、竹造の仕事について前に言った言葉を、伝えてよこした。

「まともに仕事をしていたら、あそこまで腕は落ちねえだろうな」

というものである。

三樹之助は、初めて聞いた。源兵衛は、これまで口にはしなかった。それは竹造に対する何がしかの思いが、源兵衛にあったからかもしれない。

竹造は乙松とは、兄弟の間柄だった。またお久が、恋慕《れんぼ》の情を寄せたこともある相手であった。

こちらの見込み違いならば、それはそれでいい。けれども確信に近いものがあるから、胸が痛んでくる。

「あいつがなぜ、夢の湯へやって来たかですがね。初めはあいつが、お久を懐かしんでやって来たのかと、あっしは思ったんでさ」

「うむ。だから『彫常』へ口利きをしたり、長屋を借りる請け人になったりしたわけだな」

「そうです。でも違うと、今になって気づきやした」

源兵衛は、立ち止まって言った。どこか、寂しげな口ぶりだった。

「では、何のためだと考えたのだ」

「夢の湯を、おように近づくための手立てにしたんじゃねえかと、今は踏んでいますがね」

「なるほど、源兵衛どのやお久さんと、昔馴染みの間柄ならば、どこの馬の骨だか分からない相手ではなくなるからな」

「したたかな、野郎ですよ」

八十兵衛の家の前に戻った。

「変わったことは、何もありやせん」

見張りをしていた、鋳掛け屋が言った。

四

「ともあれ家の中を、のぞいてみよう」

源兵衛と共に、三樹之助も家の中をのぞいた。

土間の台所に板の間、畳の部屋が二つあって、それだけの住まいだった。読売を刷る道具があったが、風呂敷がかけられていて、最近使った気配はなかった。

大越屋を襲うのか。

それを暗示するようなものがないか見回したが、目に付くものはなかった。乱雑に積まれた反故紙があるばかりだ。

「まだ竹造が、八十兵衛の仲間だと決まったわけではないからな。この家に出入りしていたかどうか、一応は近所で聞き込んでおいた方がいいな」

家から出たところで、三樹之助が言った。道々源兵衛と話したことは、あくまでも二人の推量である。

どのようなことでも裏を取れと、教えたのは源兵衛だった。

「よし、そうしやしょう」

鋳掛け屋には、そのまま八十兵衛の住まいを見張らせることにした。三樹之助と源兵衛は、近所の家を聞いてゆく。

「おや、あんたらは」

前にも、兎屋の様子を聞いて回ったことがある。源兵衛と三樹之助を、ほとんどの者は覚えていた。

「役者にしたいような男前ねえ。それなら、何があったって忘れないはずだけどね」

だが隣家の婆さんはもちろん、錺職人もその女房も覚えていないと答えた。

飯炊きに通っていたおサクの話では、三人前の晩飯の用意をしたのは、八月一日か二日のことだったという。その日に、竹造がやって来た可能性が大きかった。

だが一度か二度訪ねてきたくらいでは、近所の住人の記憶になかったとしても、不思議とはいえない。

向かいと並びで、在宅していた九軒の家で尋ねたが、竹造らしい人物を見た者はいなかった。

表通りに出たところで、酒屋の小僧が歩いているのが目に入った。酒の配達にでも行くのだろうか、一升の貸し徳利二本を抱えていた。十六、七歳で、頑丈《がんじょう》な体つきをしている。

「そういえば、兎屋さんで、そういう人を見かけたかもしれません」

源兵衛に問いかけられた小僧は、そう応じた。夕方酒を届けたとき、びっくりするぐらい目鼻立ちの整った、しかし怖い感じの男がいたというのである。年頃は、二十六、七だったそうな。

竹造は実際の歳は三十だが、四、五歳は若く見えた。

日にちは、八月の一日だったという。その日は、八朔の進物のために、いろいろな家に酒を届けた。そのうちの一つなので、日にちに間違いはないと言った。

「まあ、それは竹造だろうな」

三樹之助の言葉に、源兵衛も頷いた。

「大越屋に押し込むとしたら、今夜ではないぞ」

「もちろんそうなるでしょうね。明日の晩になれば、結納の金も入っていやすからね」

「だがそれまでには、まだ一日あるな。できれば、ことを起こす前に竹造を捕らえたいな」

これは、三樹之助の胸に浮かんだ本音だった。

気持ちの根に、お久の姿があった。

八十兵衛と前園との関わりでは、おろくが殺され、川角屋太左衛門が行方知れずになっている。だがこの二つには、竹造は関わっていないのではないかと、三樹之助は考えていた。ならば大越屋の押し入りを未然に防ぐことができれば、竹造の罪状は、やつらとは別のものになるはずだった。

「そうですね。竹造をひっ捕らえて、身動きできなくさせてやりやしょう」

源兵衛も、同じ気持ちらしかった。

明確な証拠があるわけではないし、何かを犯したわけでもなかった。けれども、たとえ腕ずくでも、犯行に加われなくさせてやる……。

九年の間に、竹造がどのような人間に変貌《へんぼう》したか、その根っこはわからない。だが目の前に見える罪過《ざいか》を犯させずに済むならば、そうしたかった。

「今すぐ、本郷春木町の長屋へ行ってみよう」

「へい」

兎屋は鋳掛け屋に任せた。三樹之助と源兵衛は、竹造の長屋へ急いだ。四谷御門を右手に見ながら、堀に沿った道を駆けてゆく。

九年ぶりにお久が会った昔懐かしい男が、押し込み強盗の仲間であってはやりきれない。なんとしてでも、守ってやりたいのだった。

市ケ谷《いちがや》御門から、牛込《うしごめ》御門、そして小石川《こいしかわ》御門と通り過ごしてゆく。小石川御門の左手は水戸徳川家上屋敷で、どこまでも海鼠塀《なまこべい》が続いているかに見えた。これを通り過ごし、水道橋を過ぎたところで北に向かう道に入った。

立ち止まることはない。源兵衛は四十八歳になっていたが、さすがに健脚だった。三樹之助の走りに、ついてきていた。

「大丈夫か」

「もちろんでさ」

すれ違う人が、何事だという顔でこちらを見る。気にせずに走った。

本郷春木町の町並みに入った。長屋の木戸を潜ったところで、初めて足を緩めた。

源兵衛はもちろん、三樹之助も息を切らしていた。

竹造の住まいの戸は、閉まったままになっていた。井戸端で女房連中が、立ち話をしている。

源兵衛が戸に手を掛けようとしたところで、女房の一人が声を掛けてきた。

「竹造さんならば、朝のうちに出かけて行きましたよ」

それきり、戻ってきていないそうな。源兵衛が渋い顔になった。

「どこかの娘と、楽しいことをしているんじゃないかね」

誰かが言うと、女房たちはげらげらと声をあげて笑った。遠慮《えんりよ》のない笑い方だった。

女たちが、竹造の行き先を知っているとは思えない。源兵衛は、そのまま戸を引き開けた。三樹之助も、中をのぞいた。

前にのぞいたときとは、かなり様子が変わっていた。

寝床がたたまれていて、彫りかけの版木がきちんと重ねられている。彫られた木屑も掃除された状態で、まったく残っていなかった。

「鑿が、一本もないな」

「そうですね」

「竹造のやつ、戻って来る気がないということではないか」

三樹之助は感じたことを、そのまま口にした。どこかで八十兵衛や前園らと合流したのだ。あるいは女房らの言葉ではないが、おようと会っているのかもしれなかった。

明日押し込むならば、店の今日明日の様子は、なんとしても聞いておきたいところだろう。

「さて。そうなると、こちらはどうするかだな」

源兵衛は腕組みをした。

おようは、ある決意を持って、大越屋の裏口から家に入った。

つい先ほどまで、竹造と一緒にいた。男の体のにおいが鼻の奥に、優しい言葉が耳に残っている。

「今まで、どこへ行っていたんだい。こんな大事なときにさ」

おっかさんが怒っていた。祝言の折に身につける、白無垢《しろむく》の布地を決めることになっていた。古くからの付き合いがある縮緬屋《ちりめんや》の番頭が、今日来ることは三日も前から聞かされていた。

「もう、四半刻（約三十分）も待っておいでなのだよ」

母親のお滝は、およう が祝言に乗り気でないことは気づいている。だからこそ、艶《あで》やかな花嫁衣裳に触れさせることで、気持ちを引き立たせようとしていた。

おっかさんの気持ちは、手に取るように分かる。気を使ってくれていた。

祝言の相手の醤油問屋の上総屋も、格式からいえば不満はなかった。輿入《こしい》れすることは、仕方がないことだとあきらめていたのである。

だが竹造と、出会ってしまった。

逢うたびに心が惹かれ、また肌を許してしまった。こうなってしまうと、もう引き返すことはできなかった。

「これはこれは、おようさま。すばらしい品を、たくさんお持ちしましたよ」

狸面《たぬきづら》の中年の番頭が、笑顔を向けてきた。二階にある床の間付きの奥の部屋には、すでに何本もの反物《たんもの》が広げられていた。

極上の白縮緬には、様々な模様が織り込まれている。目を凝らせば、鶴や鳳鸞《ほうらん》、松竹梅、檜扇《ひおうぎ》が描かれているのが分かった。

眩《まぶ》しいほどの白だった。

「さあ、触ってご覧なさいませ。指にしっとりと吸い付いてきますよ」

「ほんとうに、すばらしい」

番頭の言葉を受けて、お滝がおように笑顔を向けた。出かけたことに腹を立てていたが、怒りを抑えたのである。

おようは母親の気持ちを思うと、胸が痛んだ。

けれども花嫁衣裳の布地を見ても、心はまったく弾まない。考えることは、竹造のことばかりだった。

この衣裳を、竹造とする祝言で着られたら。そう考えると、涙さえ出そうになった。

心浮かぬまま四半刻ほどを過ごし、おようは部屋を出た。階段を下りると、隅の部屋で父親が誰かと話をしていた。大事な商談らしかった。声がくぐもっていて、話している中身は聞こえなかった。

五

おようと別れた竹造は、下谷の寺町を抜けて寛永寺の裏手に出た。一面に田畑と墓地が広がって、ところどころに萱葺《かやぶ》きの農家が見えた。

空き地の芒が、風に揺れている。そろそろ西日が、黄色みを帯び始めた刻限だった。

竹造は、墓地の間にある道へ入って行く。どこからか線香のにおいが流れてきていたが、見えるところに人の姿はなかった。

墓地の隅には大きな椎《しい》の木があって、その根方に古い墓守の小屋があった。もう何年も人は住んでいないが、竹造はその建物の前に立った。

一渡り周囲を見回して、戸に手をかけた。手早く開けて、中に入り込んだ。

「おう。どうだった、首尾は」

声がかかった。男が三人、狭い板の間に車座になって座っていた。一升の酒徳利と割いたスルメが真ん中に置かれている。

「首尾は上々だ。おようのやつ、とうとうおれと逃げ出す覚悟を決めたぜ」

「そうか。そりゃあ上出来だ。さすがに天下の色男だ」

声をかけたのは、定吉である。そのやり取りを、八十兵衛と前園が上機嫌で頷きながら聞いていた。

「まあ、一杯やろうじゃねえか。酔われちゃあ困るが、前祝の酒だ」

八十兵衛は、茶碗を差し出した。竹造が受け取ると、徳利からなみなみと酒を注いだ。

四人が手にした茶碗に酒が満たされると、それぞれが口に運んだ。

「うめえ、さすがに下り物の男山《おとこやま》だ」

一気に飲み干した前園は、スルメを口にくわえた。

「おようは逃げ出す支度を整えて、離れの一室で待っている。裏口の閂は開けておく手はずだ」

「ならばおれたちは、そこから押し込めばいいわけだな」

八十兵衛は、空になった茶碗に酒を注いでゆく。

「そういうことだ。おようのやつ、路銀として五両を持ち出すと、言っていやがった」

「ほう。泣かせる話じゃねえか」

定吉が言うと、他の二人が声をあげて笑った。

四人が夜間大越屋に押し入り、奪おうとしているものは、そんなはした金ではなかった。土蔵に眠っている千両箱である。建物内の間取りや土蔵の鍵のありかなどは、すでに聞き出していた。

おようは土蔵の千両箱に、どれほどの小判が入っているかはっきりとは知らなかったが、金を出し入れするさまは、何度も目にしていた。話の様子を聞いていると、七、八百両はあると推量がついたのである。

「そんな一途な娘を騙して、おめえは心が痛まねえのか」

からかったのは、定吉である。

「ふん。知ったことじゃあねえぜ」

竹造の整った顔が、わずかに歪んだ。

おようのことなど、はなからなんとも思っていなかった。七月も最後のあの日、おように絡んだのは定吉だった。大越屋の娘と知って絡んだのである。二日前から、機会をうかがっていた。

このおようにとって苦境の場面に止めに入ったのは、竹造が近づくための方便だった。くさい芝居だったのである。

その場をさりげなく別れようとしたのも、いつまでも一緒にいるより印象がよかろうと、八十兵衛と相談してのことだった。

おようは、まんまと近づいてきた。

九年ぶりに江戸に入った竹造が、四谷大通りの居酒屋で、最初に口を利いたのが八十兵衛だった。酒を注がれて、旅の話をした。息が合って話が盛り上がったところで、口説《くど》かれたのである。

「あんたの男っぷりを生かした、金儲けの仕事をしねえかい」

八十兵衛の顔は真顔だった。

話を聞くと、落とす娘は、湯島切通町の質屋の娘だという。懐かしい町の名だった。それで竹造は、本気で話を聞く気になった。

大身代の大越屋を、八十兵衛は前から狙っていたという。

久しぶりに江戸へ戻ってきたが、行く当てはなかった。『彫常』に戻る気など、さらさらなかったのである。

上方へ移った初めは、版木職人として、まともな世渡りをするつもりだった。しかし二年、三年と月日が経つうちに、遊びの方が面白くなった。江戸で地道にやれたのは、乙松とお久がいたからだが、上方には竹造の気持ちを支え、励ましてくれる存在とは巡り合わなかった。

気がついたときには、博奕打ちになっていた。

版木を彫らなくなってはいたが、鑿の扱いだけは巧みだった。鑿を武器にすれば、そのへんにいるやくざ者の匕首など相手にならなかった。だから軽んじられることもなく、世渡りができた。

そして女にも持てた。貢《みつ》ぎたいという後家《ごけ》や物持ちの女房が、次々に現れた。そうやって揉まれているうちに、女の扱いにも手馴れてきた。

およう のような生娘など、手懐《てなず》けるのは、わけもないことだった。

気持ちをもてあそんだなどという考えは、微塵もない。利用できる相手を、利用しただけのことだった。

心の底から愛しいと思った女は、九年前のお久だけである。

お久が兄貴分の乙松と所帯を持ったという話は、風の便りとして上方で聞いた。けれどもそのときは、何を聞いても心が動くことはなくなっていた。鑿で何人もの渡世人を傷つけ、擦り寄ってくる女から銭を受け取ることは、珍しいことではなくなっていたのである。

だから、およように信頼させるために、夢の湯に顔出しをしておこうと考えたのは、竹造にしてみれば当然のことだった。お久でさえ、利用してやろうと考えたのである。再会したとき、何も感じなかったといえば嘘になる。けれども胸がときめくことは、もうなかった。

だから心にない言葉でも、すらすらと口にできた。

お久は、精一杯のことをしようとしていた。その気持ちは伝わってきた。だが自分は、江戸を離れて辛い思いをしたと考えた。版木職人としての生きる道を、失ったのである。

今さら何をしてもらっても、昔には戻らない。

「まったくうめえ酒だな。じきに大金が入ると思うと、格別の味だ」

定吉は、手酌《てじゃく》で三杯目を注いだ。

「だがな、油断は禁物だぞ」

そう言ったのは、八十兵衛だった。酒好きだが、今日は一杯を飲み干してからは、茶碗に手を出さなかった。

「その通りだ。厄介な野郎が、絡んできているからな」

前園は、続けて酒を飲んでいる。だが飲み始める前と、様子はまったく変わらなかった。

「源兵衛のことか」

竹造は言った。あのお久の父親が、したたかな岡っ引きだということは、前から知っていた。

「それもそうだが、あいつだけじゃねえ。あの湯屋の若い侍にも、気をつけなくてはならねえ。あいつら、何かを嗅ぎ付けている気配だからな」

あとをつけられた話は聞いていた。また川角屋太左衛門のことも、八十兵衛は改めて口にはしなかったが、大方の予想はついていた。おろくを小日向清水谷町の空き家で殺したとき、竹造もあの場にいたのである。

「そういうことだ。だから定吉、酒はそのくらいにしておけ」

八十兵衛は、睨みつけた。そして続けた。

「いいか、よく聞け。あの若侍は、前園様をつけていた。あいつらは、おれたちの企みに気づいているかも知れねえ」

前園をつけたということは、上総屋で探りを入れていた定吉に気付いたからだと八十兵衛は受け取った。源兵衛も若侍も、定吉の顔を知っていた。

「やつらは川角屋が行方知らずになったときから、兎屋を探っていやがった」

それくらいのことは、八十兵衛も初めから気がついていた。

「大越屋には結納の金五百両が、明日上総屋から運びこまれる。だから源兵衛らは、その金をおれたちが狙うと考えているに違《ち》げえねえんだ」

「それはそうだな」

と、これは前園。

「どれだけの捕り方を、揃えているかわからねえな」

定吉も応じた。

「そういうことだ。だがよ、だからといってせっかくの機会を逃すわけにはいかねえ。だから今夜、押し込むんだ。まさか今夜だとは、考えめえ」

一同は頷いた。竹造が、おようと逃げようと誘ったのも今夜だった。八十兵衛の命を受けていたからである。

「四つどきに町木戸が閉まるまでに、湯島切通町にそれぞれ入り込むんだ。四つの鐘が鳴ったら、大越屋の裏口へ集まる」

これは、すでに打ち合わせてあることだった。

「気付いた者、騒ぐ者は、かまわず殺せ。それがおれたちの、生き延びる唯一の手立てだ」

「………」

一同は、頷いた。

「おようは、死んでもらわなければならねえ。こちらが入り込むのを待っているわけだからな」

「竹造、その方が殺《や》りづらいというなら、おれが手を下してもよいぞ」

八十兵衛が言い終わると、前園が口出しをした。

「なあに、それには及ばねえ」

竹造は、懐に押し込んでいる手拭いに包んだ鑿に、手を触れた。

六

四つを告げる鐘の音の、最後の響きが消えようとしていた。つい先ほどまで、ぽつんぽつんとあった家の明かりが、すべて消えている。湯島切通町の人々は、眠りの中に落ちたかに見えた。

虫の音だけが、いたるところから聞こえてくる。頭のかけた十三日の月が、家々の屋根を照らしていた。

大越屋の裏口がある路地には、月明かりが入らない。濃い闇の中に沈んでいる。

そこに音もなく、黒装束《くろしょうぞく》の男が四人集まった。草鞋履きでたっつけ袴。頭には頭《ず》巾《きん》をつけている。そのうちの一人だけが、二刀を腰に差していた。

四人は顔を見合わせ、無言のうちに頷いている。

中背だが筋骨たくましい男が、頭《かしら》の八十兵衛である。頭巾をつけていても、大きな鷲鼻が顔の真ん中に座っているのでわかる。

「行けっ」

八十兵衛が小さな声で指図をすると、竹造は木戸口の前に進み出た。手を掛けて押すと、戸は小さな軋み音を立てて開いた。手はず通り、閂はかかっていなかった。

四人は音も立てずに、敷地の中に入った。最後に入った定吉が閂をかけている。

広いとはいえない庭だが、樹木には手入れがなされている。月明かりが、雨戸に庭木の影を映していた。

虫の鳴き声はやまない。

二階建ての母屋《おもや》の脇に、錠前のかかった土蔵。その手前に離れ家があった。ここには客人を泊める。主人一家や奉公人は、母屋で寝ていた。奉公人は通いの番頭を除いた手代と小僧四人、それに女中である。

今夜は客人がいない。明日は、めでたい結納の日で、一日ごたごたする。上総屋からの客を受け入れる支度を済ませると、皆早めに寝床へ入っていた。

離れ屋の入口で、四人は二手に分かれた。

八十兵衛と前園は、そのまま母屋に向かって行く。一階に寝ている、跡取りの君太郎を襲うのだ。千両箱が収められた土蔵の錠前を開ける鍵は、若旦那の枕の下に収められている。

歯向かったり声を出したりすれば、前園が殺す。

離れ家の入口に残ったのは、竹造と定吉である。おようは旅姿を整えて、離れ家で竹造がやって来るのを待っているだろう。

大越屋の中で目覚めているのは、この女だけだ。騒がれては元も子もない。まず始末しなくてはならない相手だった。

「おれ一人で、充分だ」

竹造はそう言ったが、八十兵衛は定吉をつけてきた。おようを目の前にして、気持ちが鈍ることを懸念したのかもしれないが、その気遣いはいらない。

離れ家の戸に手をかけた。心張り棒はかけられていないから、ここもすっと開いた。

闇の室内である。ここには月明かりは、差していなかった。竹造は、目を凝らした。

「およう さん。おれだ」

低い声で言った。戸は開けたままで、定吉は中に入っていない。

暗がりの中で、衣擦《きぬず》れの音がした。戸口に黒い人の影があるのに気がついた。

「どうしたんだ」

昨日今日のおようならば、飛びついてくるはずだった。しかしその気配はなかった。

「竹造さん、悪さはやめて。まっとうに生きて」

女の声がした。だがそれは、おようのものではなかった。

竹造は、息を呑んで立ち尽くした。女の声には、責めている気配も咎《とが》めている響きもなかった。懇願だった。

「て、てめえは何者だ」

そのとき、蠟燭《ろうそく》に火が灯った。小さな明かりが、女の顔を照らした。

「お、おめえは」

お久の顔だった。

一瞬、心の臓が熱くなった。暗がりで見た顔は、九年前のお久のそれと同じだった。どきりとした。

「どうして、ここにいるんだ」

「竹造さんに、大きな罪を犯させたくないからだよ」

「な、何を、言いやがる」

声が、掠《かす》れたのが分かった。

「おようさんから、今夜のことを聞いたんだよ。竹造さんとおようさんが、ただならない仲になっていたことは、おとっつぁんも三樹之助さまも、何となく気づいていたからね」

「それで、おようは、話したのか」

苛立ちが声になった。

「初めは、口を閉ざしていた。何もないの一点張りだった。でもね、兎屋との関わりを話して、おろくさんが殺されたこと、川角屋の旦那さんが行方不明になっていることを話したら、様子が変わった」

「………」

「だけどそれだけじゃ、やっぱりだめだった。だから、あたしが、昔、竹造さんのことを好いていたっていう話をしたんですよ。所帯を持ちたいって思っていた話。でも、あぶな絵に手を染めていたことがはっきりして、江戸にいられなくなったこと。そして、その少し前に、竹造さんが、あたしに彫ってくれた似顔のこの絵を、見せたんです」

お久は懐から、一枚の紙切れを取り出した。広げると、墨一色の娘の顔が現れた。

「そ、それは」

忘れてはいなかった。淡い蠟燭の明かりに照らされた絵は、自分がお久の顔を鑿で彫り残したくて、拵《こしら》えたものだった。

『お久さんへ　竹造』

と名を入れたのは、好いている気持ちを伝えたかったからだ。

「おようさんはこの絵を見てから、本当のことを話してくれた。あたしが竹造さんに、まっとうに生きていって欲しいと願っていることが、分かったからかもしれないね。あの人だって、あんたのことを好いていたんだから」

「く、くそっ」

口から出てきた言葉は、それだった。だが腹立ちの矛先《ほこさき》は、お久ではなかった。

「どうした、何をごちゃごちゃいってやがる。さっさと始末をしろ」

気がつくと、定吉が横にいた。苛立った眼差しが突き刺さってきた。

竹造は、それで我に返った。目の前にいるのがお久であっても、このままにはしておけない。殺さなくてはならなかった。

懐から鑿を取り出した。身構えようとしたとき、お久が言った。半泣きの声だった。

「それは、版木を彫る道具だよ」

竹造の体が、動かなくなった。

「できねえなら、おれがやるぜ」

匕首を構えていた定吉が、前に飛び出していた。お久を刺し殺すつもりである。

「やめろっ」

竹造は、叫んでいた。だがそれで動きを止める定吉ではなかった。お久に躍りかかった。

だがそこへ、奥から飛び出してきた者がいた。

十手を持った源兵衛だった。匕首の刃先を、十手で撥ね上げた。赤い蠟燭の炎が激しく揺れた。

八十兵衛と前園は、縁側の雨戸の前に走り寄った。どちらも足音は立てなかった。耳をそばだてたが、室内からの物音は聞こえない。

前園が脇差を抜いた。これを雨戸の下に差し込んで力を加えた。戸が擦れる微《かす》かな音があったが、それだけだった。

雨戸一枚を、軽々と取り外していた。草鞋履きのまま、二人は中へ上がりこんでいる。

廊下を進んだ。建物の間取りは、頭の中に入っていた。君太郎が寝ているとおぼしい部屋の前で、立ち止まった。

八十兵衛はここで、懐に呑んでいた匕首を抜いた。前園は先ほど手にした脇差を、そのまま握っている。

そろそろと障子戸を開いた。

君太郎の枕元に、二人は立った。八十兵衛が片膝をついて、匕首の刃先を寝ている頰にぴたりとつけた。

それで君太郎は、びくりと体を震わせた。黒装束の男を見て、驚愕《きょうがく》の顔になった。

「土蔵の鍵を出せ」

耳元に顔を寄せて、八十兵衛が言った。凄味の利いた声だった。

このときである。離れ家の方から、「やめろっ」という叫び声が上がった。竹造の声だった。そしてばたばたとした足音も聞こえてきた。

「どじりやがったか」

八十兵衛が立ち上がった。そのとき、隣室との境になっている襖が音を立てて開いた。そこから飛び出してきたのは、夢の湯に住み込んでいる若侍だった。

すでに刀を抜いていて、八十兵衛に迫っていた。

ごく近い場所で、呼子《よびこ》の笛《ふえ》が鳴っている。

「この野郎」

八十兵衛の匕首と若侍の刀がぶつかった。ぱちんと、火花が散った。

前園は大きな舌打ちをした。企みが頓挫《とんざ》したことを悟ったからである。となれば、長居は無用だった。瞬く間に、廊下へ走り出ていた。八十兵衛に助勢する気持ちは微塵もない。

しょせんは金儲けのために、つるんだだけの相手だった。

七

廊下へ走り出た前園は、その間に脇差を腰に戻した。そして庭へ飛び出したときには、大刀を抜き放っている。

呼子の笛が鳴っても、すぐに捕り方が押しかけてきたわけではなかった。今のうちに逃げ出せば、自分一人だけなら助かると考えた。

ただ、抑えきれない憤怒があった。この押し込みは、必ずうまくいくと踏んでいたからである。

岡っ引きの源兵衛やあの若侍の鼻をあかしてやれる。そう信じていたが、竹造か定吉のどちらかが、しくじったのである。しかもこちらの企みが、見抜かれていた。

何事もなく金を奪い取ることが出来たら、山分けをして江戸から離れようと腹を決めていた。場合によっては八十兵衛や定吉らを殺して、お宝を独り占めしてもよいとさえ考えていたのだった。

離れ家に目をやると、闇の中でどたばたとしている気配があった。おようという娘を殺すつもりだったが、それができなくなったことだけは前園にも察することができた。

だが今となっては、己が逃げることの方が先だった。呼子の笛の音は鳴り止んでいない。

離れ家の前を行き過ぎようとしたとき、黒い影が飛び出してきた。それとぶつかりそうになった。

「お、おめえは」

月明かりが、一人の男の姿を照らし出していた。男は竹造だった。手に鑿を握っていたが、刃先には血がついていない。

「中にいるのは、定吉と誰だ」

「源兵衛だ」

竹造は驚きの顔を向けてきたが、問いかけの返事だけはした。

「おめえ、逃げようってえ腹だな」

問いかけると、竹造は返事をしなかったが、否定もしなかった。

「そうか、おれもだ。こうなったら、ぼやぼやしてはいられねえ。おめえ、先に行け」

前園は言った。走り込む先は、目の前にある裏口である。

竹造は一瞬迷うふうを見せたが、向きを変えて走り出した。寸刻の間も惜しい。急がなくてはならない。無防備な後ろ姿だった。

「やっ」

前園はその背中に、一刀を振るった。肩から背にかけて、ばっさりとやっている。手に骨と肉を裁つ感触があった。

「あぁっ」

振り返ることもできず、竹造は倒れた。どうと、地響きがおこった。

「カス野郎め。押し込みをしくじったのは、てめえのせいだ」

吐き出すように言ってから、前園は裏口に向かって駆けた。

三樹之助は、君太郎が眠る隣室で息を潜めていた。

おようがお久の言葉を受け入れてすべてを話したとき、母親のお滝は声をあげて泣いた。

だが父親の睦右衛門と君太郎は、まだどこかで信じきってはいない気配があった。

おようが家を抜け出そうとしたことと、押し込みが襲ってくるということが、一つにならなかったのである。

「来るならば、明日ではないのですか」

君太郎はそう言った。しかしおようの話を聞いた源兵衛と三樹之助は、今夜であることを確信していた。

事情を知ったお久は、おようの代わりに自分を離れ家に詰めさせて欲しいと言った。

訪ねてくるのが竹造ならば、なんとしても話をし、その場で八十兵衛らの仲間から抜け出させたいと源兵衛に伝えたのである。押し込んでしまえば、盗人《ぬすっと》であることに違いはない。だがたとえそうであっても、気持ちを入れ替えさせたいと願ったのだった。

やつらは何をしでかすか分からない連中である。源兵衛は、お久を守るべく離れ家に入った。

手先の一人を、三樹之助が、君太郎の隣室に入った。

呼子の笛を吹かせるために傍に置いていた。笛が鳴れば、捕り方が揃う手はずを済ませていた。

八十兵衛は君太郎の頬に匕首の刃先を当てていたが、叫び声を聞いて立ち上がった。これを機に、三樹之助は閉じていた襖を開けた。賊《ぞく》に躍りかかったのである。

襖を細く開けて、様子を見張っていた。目は暗がりに慣れていた。

三樹之助が打ち込んだ一撃を、八十兵衛は短い刀身で巧みに受けた。同時に体を、部屋の隅に跳ばしている。したたかで、すばしこい男だった。

狭い室内では、大刀を振り被ることはできない。むやみに振ることもできない。それらを見越した動きである。

前園が庭へ飛び出していった。だが追うことはできなかった。君太郎は部屋の隅で震えている。

八十兵衛が、突き込んできた。胸を一突きにしようという踏み込みだった。

勢いがある。強靭《きょうじん》な足腰を持っているようだ。

三樹之助は身構えて、これを払い落とそうとしたが、刃先が長押《なげし》にぶつかると気がついた。刀を振ることはできない。

瞬間の判断で、刀の柄頭《つかがしら》を使って叩いた。

手応えがあった。だがそれで、八十兵衛は匕首を落としたりはしなかった。

八十兵衛の体が回転した。行き着いた先には、しゃがみ込んだままの君太郎がいた。

首に左腕を回した。右手は握った匕首の切っ先を、心の臓あたりに押し付けている。

「動くんじゃねえ。刀を捨てろ。そうでねえと、こいつの命はなくなるぞ」

三樹之助は息を呑んだ。身動きができなくなった。

「早くしろ。おれは気が短けえんだ」

匕首の切っ先を、わずかに突き刺した。

「ぎゃっ」

君太郎が悲鳴を上げた。

脅しだと分かったが、そのままにはできなかった。追い詰められれば、何でもするだろう。

「分かった。無茶をするな」

三樹之助は、刀を畳の上に置いた。だがそのとき、目の隅に箱枕が転がっているのが見えた。それを八十兵衛の顔めがけて蹴り上げた。

一瞬のことである。

「わっ」

避けようとした八十兵衛の体が、君太郎から離れた。すぐさま三樹之助は、刀を拾い上げた。

「ふざけやがって」

枕をかわした八十兵衛は逆上していた。匕首を君太郎に向けて突き出した。これに三樹之助は一刀を振り下ろした。

大きくは振っていない。匕首を握った腕が、血を撒きながら吹っ飛んだ。

「ううっ」

均衡を失った八十兵衛の体が、前のめりに倒れた。血にまみれていて、のたうちまわっている。

三樹之助は血刀を握ったまま、庭へ走り出た。前園を追おうとしたのである。裏口へ向かった。途中の地べたに何かがある。

目を凝らすと、離れ家の前で黒装束の男が倒れていた。見ると背中をばっさりやられていた。

　頭巾をむしり取ると、月明かりに青ざめた顔が浮かび上がった。整っていた顔が、苦痛に歪んでいる。

「しっかりしろ」

　体を揺すった。竹造は薄っすらと目を開けた。

「やったのは、ま、前園だ。あいつは逃げた」

　裏口の戸を指差した。そちらを見ると、戸が開いたままになっていた。

　瀕死の者を、そのままにはできない。しかしそこへ、源兵衛が飛び出してきた。

「定吉は捕らえた。前園を追ってくだせえ」

「承知」

　竹造は任せることにした。三樹之助は戸口から外へ走り出た。

「わあっ」

　喚声が聞こえた。路地から表通りに出ようとするあたりだった。御用提灯が灯っているのが見えた。捕り方がやって来たのである。

　走ってゆくと、人の姿が見えた。前園を捕り方たちが囲んでいる。

「御用」

声をあげるが、誰も攻め込むことが出来なかった。見ると地べたに捕り方の一人が倒れていた。すでに斬られたものと思われた。

このとき、前園が突《つ》く棒《ぼう》を持った男に斬りかかった。気合が入っている。

「わあっ」

突く棒の男は、その勢いに負けた。横に飛び退いた。その崩れた円陣を前園は駆け抜けた。闇の道を走ってゆく。三樹之助がこれを追った。

人気のない道に、足音が響いている。

町木戸が見えてきた。だがそれは、すでに閉じられている。路地に逃げ込もうとしたところで追いついた。

「死ねっ」

ためらいのない一撃が、襲ってきた。上段からの大きな振りだった。

神田川の河岸の道で、この一刀に襲われたことがある。あの時は逃げるばかりだったが、今は違った。三樹之助も刀を持っている。少なくとも互角の闘いができるだろう。

迫ってきた斬撃を、刀の鎬《しのぎ》で跳ね返した。手が痺れるほどの力が相手にはあった

「御用」

が、それで怯むことはない。剣尖《けんせん》を回しながら小手を狙った。小さいが、執拗《しつよう》な動きである。

前園はこれを嫌がった。体を後ろに引いた。

三樹之助はそのまま前に出てゆく。腹を突いた。

だがその刀は、空を突いただけだった。引くと見えた相手の体が、こちらの刀を擦ってすぐ右手に寄っていた。

向きを変えようとした三樹之助に、新たな一撃が上から襲ってきた。刀の動きが、瞬く間に変化している。

「とうっ」

三樹之助は避けずに、相手の内懐に飛び込んだ。胴を一気に抜き払っている。手応えがあった。敵の刀は、目の先二寸ほどのところを、奔《はし》り抜けていった。

「ううっ」

呻《うめ》き声を上げた前園が、顔を顰《しか》めて膝から崩れていった。

八

「さて、じゃあ出かけようか」

船宿から借りた小舟に、お久とおナツ、冬太郎が乗り込んだ。棹《さお》を握っているのは三樹之助だった。

舟底に藁筵《わらむしろ》を敷いて、腰を下ろしたおナツら三名。重箱と徳利に入った麦湯《むぎゆ》が用意されていた。船首には三方《さんぼう》に団子を盛って、それがお供物《くもつ》である。

トンと棹を突くと、舟は船着場を滑りだした。櫓《ろ》に持ちかえると舳先《へさき》を筋違橋下から東へ向けた。

そろそろ暮れ六つ（午後六時）の鐘が鳴るころだ。

「お月様の頭が、ほんの少し欠けているね」

「でも、ほとんどまん丸じゃないか。きれいだね」

冬太郎の言葉を、おナツが補《おぎな》った。

「うん。本当だ。濡れているみたいだね」

「あそこで、兎が餅を搗いているんだよ」

「すごいね」

お久の体に、冬太郎はべったりと張り付いている。こうして母親と行楽に出かけることなど、めったにないことだった。

「志保さまと出かけるのも楽しいけど、やっぱりおっかさんが一緒だと嬉しいね」

おナツも負けじと話しかける。

「ほんとにきれいだねえ。こんなにゆっくりとお月見ができるなんて、何年ぶりだろう」

子どもたちの体に手を添えて、お久は夜空を見上げている。

川風があるが、寒いほどではない。土手のあちらこちらで、芒の穂が月の光を浴びている。

風があるたびにさらさらと揺れて、光を受ける姿が変わった。

十五夜の明日ならば、月見の舟で賑わうのだろうが、十四日の今日はそれほどでもない。数隻のそれらしい舟がうかがえるだけだった。

「お久も乗せてやってくれませんか」

今日になって、そう言ってきたのは源兵衛だった。昨夜、前園を討ち取り、八十兵衛と定吉を捕らえた。八十兵衛は片腕を失ったが、あのあとで手当てがなされ、一命は取り留めた。

重い怪我だったが、定吉ともども厳しい詮議《せんぎ》がなされた。大越屋への押し込みの中で捕らえられたのである。白《しら》の切りようがなかった。二人は川角屋太左衛門とおろくの殺害も認めた。

太左衛門の死骸は、伝通院裏手の空き屋敷の井戸から発見された。

八十兵衛と定吉は、獄門《ごくもん》を免れないところである。

竹造は、三樹之助が大越屋へ戻ったときには、息を引き取っていた。

「おめえさえいなければ、こんなことにはならなかったのに」

「何を言っているんだい。あんたは腕はよかったけど、本当に昔から、危なっかしいやつだったじゃないか」

お久と竹造の最後の会話はこれだったと、源兵衛から聞かされた。お久は涙を流したそうだが、声は漏らさなかった。

三樹之助と会ったときには、涙も拭き取っていた。

竹造の遺骸は、源兵衛が引き取った。今日になって、乙松の眠る墓地に埋葬《まいそう》したのである。土饅頭に線香をあげたのは、お久と源兵衛、おナツに冬太郎、そして三樹之助の五人だけだった。

本来ならば、竹造は押し込みの一味である。しかし源兵衛はしたたかな岡っ引きだった。仲間割れをし、捕り方に寝返った者として扱ったのである。罪人扱いにはならなかった。

大越屋のおようはすべてを打ち明けたが、最後のどこかでは、まだ竹造を信じていた模様だった。

しかし現実は、八十兵衛らが押し込んできたのである。その衝撃は大きかったらしく、部屋に引きこもったままになっていた。

睦右衛門とお滝は、先方に言って結納を延期してもらうことに決めた。破談になる可能性が大きかったが、娘の心を癒《いや》す方が肝要だと考えたらしかった。

「あれは思い込むと一途なところもありますが、道理の分からない娘ではありません。じきに明るさを取り戻すと思います」

お滝はそう言った。

「お月さまが、どんどん大きくなってゆくね」

「ほんとだ、ほんとだ」

おナツが叫ぶと、冬太郎も応じた。三樹之助の漕ぐ舟に、芒の穂があたってゆく。

舟が進むにつれて、月が大きくなるなどということはあり得ない。しかし三樹之助の目にも、そう見えたのだから不思議だった。

「さあ、お弁当を食べようか」

お久が、重箱の蓋を開けながら言った。竹輪と茄子の煮物、紅白の蒲鉾《かまぼこ》と伊達巻《だてまき》、昆布〆《こぶじめ》、きんとん。子どもたちの好物だった。下の重には、にぎり飯が並んでいた。

三樹之助のために、少量だが酒も用意していたのである。

一陣の風のように現れた竹造だが、亡くなってしまえば、あっけなかった。お久の心に動揺がなかったといえば嘘になるだろうが、それは抑えたのだと三樹之助は考えた。

旦那寺《だんなでら》で線香を上げてから、お久は夢の湯に戻って今夜の重箱の用意をしたのである。夢の湯のおかみとして、おナツや冬太郎の母親として、生きようとしていた。

「さあ、三樹之助さまもいっしょに食べよう」

おナツが傍へ寄ってきて言った。

「そうだな。いただこう」

芒の向こうに、ほんの少しかけた月が見える。満月の前日の待宵の月だった。

「ねえねえ」

おナツが、三樹之助の耳に口を寄せてきた。

「おっかさん、いろいろあって、たいへんだったみたい。ちょっと寂しそう」

「そうだな。おとっつあんの弟分が亡くなったのだからな」

「うん。だからさ、三樹之助さま、おっかさんに、優しくしてあげて」

おませなおナツは、お久の変化に気づいている。そう言われて、三樹之助は困惑した。

優しくしろと言われても、どうしたらよいのか見当もつかなかった。そして唐突《とうとつ》に、志保の顔が頭に浮かんだ。

そして驚いた。頭に浮かんだのが、美乃里ではなく志保だったからだ。後ろめたさがあって、三樹之助は慌てて頭を振った。

※本書は２０１１年11月に小社より刊行された作品に
加筆修正を加えた「新装版」です。

双葉文庫

ち-01-52

湯屋《ゆや》のお助《たす》け人《にん》【四】

待宵《まつよい》の芒舟《すすきぶね》〈新装版〉

2022年5月15日　第1刷発行

【著者】

千野隆司《ちのたかし》

【発行者】

箕浦克史

【発行所】

株式会社双葉社

〒162-8540 東京都新宿区東五軒町3番28号

［電話］03-5261-4818（営業部）　03-5261-4833（編集部）

www.futabasha.co.jp（双葉社の書籍・コミックが買えます）

【印刷所】

大日本印刷株式会社

【製本所】

大日本印刷株式会社

【カバー印刷】

株式会社久栄社

【DTP】

株式会社ビーワークス

【フォーマット・デザイン】

日下潤一

ISBN978-4-575-67112-4 C0193

Printed in Japan

千野隆司　おれは一万石

長編時代小説〈書き下ろし〉

一俵でも石高が減れば旗本に格下げになる、ぎりぎり一万石の大名、下総高岡藩井上家に婿入りした十七歳の若者、竹腰正紀の奮闘記！

千野隆司　おれは一万石　塩の道

長編時代小説〈書き下ろし〉

米の不作で高岡藩の財政は困窮していた。年貢を上げようとする国家老に正紀は反対するものの、新たな財源は見つからない……。

千野隆司　おれは一万石　紫の夢

長編時代小説〈書き下ろし〉

藩井上正紀は突然の借金取り立てに困惑する。藩の財政をいかに切りつめてもこの危機は乗り越えられそうもなかった……。シリーズ第三弾！

千野隆司　おれは一万石　麦の滴《しずく》

長編時代小説〈書き下ろし〉

菩提寺改築のため、浜松藩井上家本家から、高岡、下妻両藩の井上家分家にそれぞれ二百両の分担金が課せられた。こりゃあ困った！

千野隆司

おれは一万石

無節《むせつ》の欅《けやき》

長編時代小説〈書き下ろし〉

理不尽な要求を斥けられた正棠側は、材木の運搬を邪魔立てするため、正紀たちに刺客を送り込んだ。筏の上で、刃と刃が火花を散らす！

千野隆司

おれは一万石

一揆の声

長編時代小説〈書き下ろし〉

年貢の重さにたえかね、百姓一揆が相次いだ。高岡藩でも、日々の暮らしに苦しむ百姓たちがついに立ち上がった。苦慮する正紀は……。

千野隆司

おれは一万石

定信《さだのぶ》の触《ふれ》

長編時代小説〈書き下ろし〉

老中・松平定信が江戸の米価引き下げのため米問屋へ廻米の触を出し、各藩に達成義務を課した。正紀は米を求めて江戸の町を奔走する。

千野隆司

おれは一万石

囲米《かこいまい》の罠《わな》

長編時代小説〈書き下ろし〉

米価は高値をつけたまま動かない。苦労して運ばれた廻米が江戸市中に出回らないからだ。廻米はさらなる値上げを狙って隠匿されていた。

千野隆司

おれは一万石

贋作《がんさく》の謀《はかりごと》

長編時代小説

〈書き下ろし〉

藩主正国の奏者番就任祝いの掛軸は贋作。絵師を辿ると、高岡藩をも危うくする悪巧みが進んでいた。一万石を守るため、正紀は奮闘する!

千野隆司

おれは一万石

無人の稲田

長編時代小説

〈書き下ろし〉

世子問題で大藩の思惑に揺さぶられる府中藩。領内の行方郡三村では、再び一揆が起きようとしていた……。待望のシリーズ第十弾!

千野隆司

おれは一万石

繰綿《くりわた》の幻《まぼろし》

長編時代小説

〈書き下ろし〉

高岡河岸に納屋を建てようと、勘定頭の井尻が無断で藩の公金を繰綿相場につぎ込み、賭けは裏目に出た! そのとき世子の正紀は⁉

千野隆司

おれは一万石

慶事の魔

長編時代小説

〈書き下ろし〉

正紀と京は子を授かり、山野辺には許嫁が決まった。おめでた続きの高岡藩だったが、続々と届く祝いの品のなかに「罠」が隠されていた。

千野隆司

おれは一万石

金《きん》の鰯《いわし》

長編時代小説
〈書き下ろし〉

八月の正国の参府の費用捻出に頭を抱える正紀たち。そんな折、銚子沖の鰯が不漁だとの噂を耳にし〆粕の相場に活路を見出そうとするが。

千野隆司

おれは一万石

大殿《おおとの》の顔

長編時代小説
〈書き下ろし〉

銚子の〆粕を巡る騒動は、高岡藩先代藩主の正森と正紀たちの活躍により無事落着。だが波崎屋と納場の一味が、復讐の魔の手を伸ばし……。

千野隆司

おれは一万石

尚武《しょうぶ》の志《こころざし》

長編時代小説
〈書き下ろし〉

野分により壊滅的な被害を受けた人足寄場。再建に力を貸すことになった正紀は、資金を捻出すべく、剣術大会の開催を画策するのだが。

千野隆司

おれは一万石

花街《かがい》の仇討ち

長編時代小説
〈書き下ろし〉

三十年もの長きにわたる仇捜しの藩士。恋仲の娘を女衒から奪い返すべく奔走する御家人の三男坊。二つの事件は意外なところで絡み合い⁉